Das 2. Buch der Kolumnisten

Die besten Texte der
«Cinzano: Nacht der Kolumnisten»-Tour 2003

Herausgegeben von Hans Georg Hildebrandt

Inhalt

7	Zum Geleit
9	Ein Prost auf den Sponsor
11	**Die Autorinnen und Autoren**

Max Küng
17	Namen (Teil 1)
20	Taxi!
21	Nachtrag: Brauchtum

Linus Reichlin
25	Betrunkene Kolumne (4)
27	Betrunkene Kolumne (7)
29	Nietzsche kommt vor

-minu
33	Vom Wunsch, eine Fee zu sein
35	Kommentar
37	Weihnachtsgeschichte

Gion Cavelty
41	Lieber Bier als Vampir
42	Wentylatora Poezija
43	Sex!
44	Si j'étais général

Thomas Widmer
47	Big Father
49	Der letzte Vegetarier
51	Douce France

Christoph Schuler
55	Krieg im Ländle
57	Öl und Bier
59	Shock & Awe
60	Ode an Leni Riefenstahl
61	Wieder-Einspeisung

Katja Alves
65 E-Mails, die man nicht schreibt
66 Bauchfrei
68 Ferien in der Heimat

Hans Georg Hildebrandt
73 Freche Frauen
76 Wahre Freunde

Bänz Friedli
81 BWM vs. SBB
82 Das Rambo-Tram
83 Bitte melde dich
84 Herbstmärt im Wahlherbst
85 Todesstreifen Zebrastreifen
86 ;-) im Frühtau

89 **Tex Rubinowitz: Der Stargast**

Doris Knecht
91 So lebe ich
93 Stil vs. Stiletto
95 Hauch der Freiheit

Richard Reich
99 Die Luftwaffe

Constantin Seibt
105 Endstation: Publizist
107 Luigi Monster imitiert Linus Reichlin
109 Ramses Monster über die Bundesratswahlen

Max Küng Linus Reichlin -minu Gion Cavelty Thomas Widmer Christoph Schuler Katja Alves H.G. Hildebrandt Bänz Friedli Doris Knecht Richard Reich Constantin Seibt

Zum Geleit

Das vorliegende Buch fasst die besten Texte der «Cinzano: Nacht der Kolumnisten on Tour 2003» zusammen.

Nach dem offiziellen Teil mit dem Kern des Kolumnisten-Ensembles begrüssen wir die Wiener «Magazin»-Kolumnistin Doris Knecht sowie Richard Reich, Verfasser der viel gerühmten «Sportplatz»-Kolumne in der NZZ.

Danach gibt es eine Meta-Kolumne von Constantin Seibt, Autor und wichtiger Kopf bei der «WochenZeitung», die er unter diversen «Monster»-Pseudonymen seit Jahren mit lebenswichtigem Humor versorgt.

Besten Dank fürs Lesen!, sagen
Ihre Kolumnistinnen und Kolumnisten.

Max Kling Linus Reichlin -mimu Glen Cavelty Thomas Widmer Christoph Schuler Katja Alves H.G. Hildebrandt Bänz Friedli Doris Knecht Richard Reich Constantin Seibt

Kein Wermutstropfen

Wermut ist ein Kraut, aber keins, das gegen die sehr abgenutzte Metapher vom Wermutstropfen gewachsen ist.
Leider, muss man sagen! Denn Wermut mag bitter sein, aber nicht, wenn man ihn in der richtigen Rezeptur geniesst. Jener von Cinzano zum Beispiel. Rot oder weiss, auf Eis. Mit einem Spritzer Soda. Wenn man das Glas ansetzt, fragt man sich ernsthaft, wer Metaphern erfindet, die so metafern von jeder Wirklichkeit sind. Dieser Drink ist ein Generator von Feriengefühl. Sogar wenn nur Feierabend ist.
Cinzano ist schon ziemlich lange erfolgreich im Vermitteln solcher Feriengefühle. Die Familie Cinzano bekam dafür im Jahr 1707 eine Lizenz. Was besonders interessant ist, weil es damals noch gar nichts gab, das wie Ferien gewesen wäre.
Dafür gab es Adlige, und die setzten die Trends. Einer davon war: das Trinken von Aperitiv-Getränken. Wenige Jahrzehnte nach der Lizenzerteilung war aus der kleinen Manufaktur ein riesiges Geschäft geworden, mit der üblichen Parade von Nachahmer-Produkten. Als italienisches Traditionslabel reiste Cinzano mit Heerscharen von Auswanderern in die Welt als Trost gegen Heimweh, was ja auf der Schmerz-Skala gleich nach Durst kommt.
Durst haben auch Kolumnisten nach einem Abend auf der Bühne. Wir sind deshalb froh, mit Cinzano einen Sponsor zu haben, der nicht nur die Tour und dieses Buch hat finanzieren helfen, sondern auch für einen entspannenden Drink im italienischen Stil besorgt ist. Wir fühlen uns geadelt! Und empfehlen zur Lektüre dieses Buches den erwähnten Tropfen.

Sollten Sie je ein Nutzfahrzeug benötigen: Die «Nacht der Kolumnisten on Tour» reist im Movano von Opel. Unsere Bücher werden bei Books on Demand in Deutschland gedruckt. Und unser Medienpartner ist «Facts».

Max Küng Linus Reichlin -mim- Gion Cavelty Thomas Widmer Christoph Schuler Katja Alves H.G. Hildebrandt Bänz Friedli Doris Knecht Richard Reich Constantin Seibt

Das Tour-Ensemble

Max Küng
kueng is creator of the macintosh game; kueng is a visiting lecturer at the university of toronto; kucng is the 34th winner of the prize; kueng is one of the founders of swizz; kueng is a research associate at fribourg university; kueng is a vice; kueng is most firmly of the opinion that the best time for a calf to be separated from its mother is on the first day.
(Suchresultate für «kueng» auf www.googlism.com)

Linus Reichlin
War 1972 Schützenkönig von Wil (SG). Seit 1986 Journalist. Von 1997 bis 2001 Kolumne «Moskito» in der Weltwoche. Seit Sommer 2002 Kolumne in «Facts». Er arbeitet gegenwärtig an seinem ersten Kabarett-Programm «Die Göttin der Männer» (Premiere Herbst 2004).

-minu
Hans-Peter Hammel (1947) schreibt dreimal wöchentlich eine Kolumne für die «Basler Zeitung». In seiner TV-Sendung «Kuchiklatsch» interviewt und bekocht er Prominente. -minu lebt und arbeitet halbjährlich in Italien.

Gion Mathias Cavelty

Schriftsteller, Jahrgang 1974. Geboren und aufgewachsen in Chur. «Habe zurzeit eine Kolumne im ‹Weekend›-Bund der ‹Aargauer Zeitung›, aber das kann so schnell wieder vorbei sein, wie es angefangen hat. Also schreib es lieber nicht rein.» Moderiert ausserdem die phänomenal erfolgreiche «Literaturshow» im Zürcher «Moods». Die «Literaturshow» kann für allerhand Gastauftritte gebucht werden. Kontakt über die Website www.nichtleser.com

Thomas Widmer

Ist 41, hat Neuere Vorderorientalische Philologie und Islamwissenschaft studiert. Brach auf Grund einer Universitätsdepression nach dem Lizenziat mit der Wissenschaft. Widmer ist Autor bei der «Weltwoche», zuvor schrieb er als Kulturredaktor für «Facts» vor allem über Literatur. Verkörpert als Ausgleich in Gion Caveltys «Literaturshow» die sehr gebildete und ebenso eloquente Topfpflanze Marvin.

Christoph Schuler

Meine Freundin findet es toll, dass ich freier Schreiber bin und also morgens nicht in aller Frühe aufstehen muss, sondern mit ihr bis zu den Mittagsnachrichten die Leintücher zerknittern und anschliessend vielleicht noch kurz in die Badi gehen kann. Anderen ist mein Lebenswandel verdächtig. So meinte meine Concierge lange, ich würde vom Drogenhandel leben. Und mein Coiffeur argwöhnte, ich sei einer dieser verrückten Velokuriere, bis ich ihm den Artikel zeigte, den ich über ihn geschrieben hatte. Zum Dank kriegte ich einen Gratis-Haarschnitt.

Katja Alves

Geboren in Coimbra, Portugal, arbeitete Katja Alves als Flugsicherungs-Assistentin, Konzert-Veranstalterin, Buchhändlerin und Musikredaktorin. Heute schreibt sie Kindergeschichten, Kinderhörspiele und Schreckmümpfeli, u.a. für Radio DRS. Ausserdem ist sie als freie Journalistin und Kolumnistin für verschiedene Printmedien tätig. Katja Alves lebt mit ihrer bald sechsjährigen Tochter in Zürich.

Hans Georg Hildebrandt

Jahrgang 1966, schreibt für die «SonntagsZeitung» über Design, Essen oder Instant-Soziologie. Freunden, die behaupten, er «verschwende dabei sein Talent», schenkt er bis heute verschwindend wenig Glauben. Überschüssige Energie leitet der Inhaber des Stadtzürcher Bürgerrechts in die kräftezehrende Erziehung seines zweijährigen Sohnes sowie in Kolumnen wie zum Beispiel für das St. Galler Magazin «Massiv». Und in die Herstellung des vorliegenden Buches.

Bänz Friedli

Wöchentlich stellt Bänz Friedli, 38, in der Zürcher Ausgabe der Zeitung «20 Minuten» Pendlerregeln auf: Hass- und Liebeserklärungen an den öffentlichen Verkehr, Beobachtungen eines Pendlers zwischen der Möchtegernweltstadt Zürich und dem tristen Industrie-Vorort Schlieren. Pendlerregel Nummer 15 lautet: «Ich pendle, also bin ich.» Friedli pendelt seit 28 Jahren, zuerst zwischen dem Bauerndorf Uettligen und Bern, dann zwischen Bern und Zürich, heute als Hausmann und Kulturredaktor des Nachrichtenmagazins «Facts» zwischen Schlieren und Zürich.

Doris Knecht

Geboren 1966, arbeitet für die Wiener Stadtzeitung «Falter», für das österreichische Nachrichtenmagazin «Profil», schrieb nebenbei Kommentare für «Presse» und «Kurier» und über Pop für die «Neue Zürcher Zeitung». Von 2000 bis 2002 arbeitete sie als Redaktorin für das «Magazin», für das sie nach wie vor eine wöchentliche Kolumne verfasst. Sie lebt in Wien.

Gern gelesene Gäste.

Richard Reich
Geboren 1961, früher Redaktor bei Zeitungen und Zeitschriften, bis 2002 Leiter des Zürcher Literaturhauses, seither freier Publizist und Autor. Seine Veröffentlichungen umfassen u.a.: «Ovoland – Nachrichten aus einer untergehenden Schweiz» (Kein & Aber, Zürich 2001), «Das Gartencenter» (Erzählung, Kein & Aber, Zürich 2003), «Die Schweiz in der Vernehmlassung» (Beitrag, Kein & Aber 2003).

Constantin Seibt
Constantin Seibt, geboren 1966, mag keine Kolumnen – schrieb aber schon immer welche: Eine über wöchentlichen Schwachsinn in der Zeitung «Zürcher StudentIn ZS», eine Literaturfälschungskolumne im «NZZ Folio», eine regelmässige Predigt über Journalismus in der «Werbewoche», eine Very-Short-Story-Kolumne im «Basler Magazin» und seit 1997 die Familie Monster in der WOZ. Sein wirklicher Job ist eine Stelle als Redaktor für Politik und Wirtschaft bei der Wochenzeitung WOZ.

Max Küng Linus Reichlin -mimi Gion Cavelty Thomas Widmer Christoph Schuler Katja Alves H.G. Hildebrandt Bänz Friedli Doris Knecht Richard Reich Constantin Seibt

Namen (Teil 1)

Es gibt viele schöne Namen für viele Dinge, nicht nur Menschen (Max), Autos (Quattro) oder Krankheiten (Mumps). Auch Strassen haben Namen, an den meisten Orten wenigstens westlich von Tokio. Zum Beispiel in Zürich. Zürich zählt 2323 Strassen. Ob kurz, lang, krumm, gerade oder steil. 2323 Strassen sind es. Da ist man genau. Sind alle verzeichnet und durchnummeriert, alphabetisch geordnet und dann die Nachzügler hintendran. Alle haben sie einen Namen. Von Nummer 1, Aargauerstrasse, bis Nummer 2323, Louis-Braille-Strasse, mit Geburtsdatum 9. 1. 2003 die Jüngste. Viele Strassen haben schöne Namen. Namen, an denen man wohnen möchte. Wildbachstrasse etwa klingt wunderbar für etwas am Rande der Stadt im Seefeld liegend. Das klingt nach Abenteuer und Bergen und einem echten Leben. Das klingt, als bräuchte man ein Mountainbike oder einen Leki-Teleskop-Wanderstock oder mindestens ein Auto mit Vierradantrieb. Turbinenstrasse klingt auch sehr schön – als lebten wir noch in den 60ern und die Concorde, das Wunderflugzeug, wäre wirklich nichts anderes als vorbezogene und dereinst uns allen zustehende Zukunft. Sehr gerne wohnte ich, wenigstens vom Namen her, am Abendweg, immer einen Johnny Walker in der Hand. Oh, und dann die Blumen, die Gräser, die Bäume und was sonst noch so wächst und spriesst: Akazienstrasse, Apfelbaumstrasse, Aprikosenstrasse. Oder die zwischen dem Döltschiweg 9 und der Wasserschöpfi 24 gelegene Hanfrose. Der Mösliweg. Der Goldregenweg. Der Feldblumenweg. Der Schneeglöggliweg. Es gibt wirklich wunderbare Strassennamen in Zürich. Wer wohnte nicht gerne am Ameisenweg, an der Englischviertelstrasse oder – ein wenig imposanter – an der Doktor-Faust-Gasse.

Es sind da aber auch Namen, an denen man nicht wohnen möchte. Schon die erste Strasse überhaupt, Nummer 1, da möchte ich nie im Leben leben: Aargauerstrasse. Beerirain klingt zwar irgendwie noch hübsch, aber auch minderbemittelt; ebenso Büsiseeweg und Erdbrustweg. Oder Fierzgasse. Oder Käshaldenstrasse. Blaufahnenstrasse. Besenrainstrasse (zugegeben, eine super Adresse für ein Reinigungsinstitut). Komisch auch klingen die Im-Strassen: Im Kratz, Im Sack, Im Schaber. Ich möchte wirklich nie, nie einen Absender auf einen Brief schreiben müssen mit Im Schaber. Auch Schimmelstrasse oder Buhnstrasse klingen eher unwohnlich. Wer lebte gerne in der Strasse namens An der Specki? Es kann wohl kaum Glück bringen, an der Nietengasse zu wohnen, oder an der Schneckenmanngasse, an der Scheitergasse oder an einer der tollen Kreationen mit R: Rumpelhaldenweg, Rumpumpsteig, Russenbrünneliweg.

Auch nicht immer einfach: das Ausland. Denkt denn niemand ans Ausland? Stellen Sie sich vor, Sie müssen jemandem in England erklären, Sie wohnen an der Kantstrasse. Oder an der Kügeliloostrasse.

Und als ob dies alles nicht schlimm genug sei: die Verballhornungen, die gewitzte Briefeschreiber anstellen können. Heisst ihre Adresse Langfurren (eigentlich ganz harmlos), so muss der bös gesinnte Mensch nur das zweite r durch ein simples z ersetzen, und schon hat man den Schaden. Und glauben Sie mir: Es gibt Menschen, die solche Dinge tun, die nur darauf warten, eine Postkarte an die Trottenstrasse schicken zu können.

Zum Schluss nur kurz noch die beste Adresse überhaupt, meiner Meinung nach: Katzentischstrasse. Schwer zu schlagen, oder? Katzentischstrasse!

PS. Jetzt hätte ich fast die Saumackerstrasse vergessen. Saumackerstrasse, das passt sehr gut zu Zürich.

Erschienen im «Magazin» vom 3. Mai 2003

Taxi!

Gut gelaunt und satt gefüllt verliess ich gegen Mitternacht das «Italia» zusammen mit dem Mistchratzerli und der Polenta und der Stockfischvorspeise, ging ein paar Schritte und bestieg dann ein Taxi. Auch der Taxifahrer schien gut gelaunt. Er schaltete den Taxameter ein, und dann begann er einen Monolog, der erst dort enden sollte, wo ich hinwollte, am Rande des Seefeldes. «Heute sind alle giggerig», setzte der Taxifahrer an, als wir uns vom Unterleibserholungsgebiet Kreis 4 entfernten. «Am Dienstag sind alle giggerig. Am Montag sind alle müde und am Dienstag sind alle giggerig, ha ha.» Während er sprach, da sah ich mich im Wagen um. So ein Taxi hatte ich noch nie gesehen. Das Armaturenbrett war übersät mit Zetteln, Heftchen und Büchern («4 Blutgruppen – Vier Strategien für ein gesundes Leben», «Warum Männer nicht zuhören. Ganz natürliche Erklärungen für männliche Schwächen»), Kristallen und vier Fotografien mit Katzen drauf – und zwar richtigen Katzen, Büsis, also Tieren, nicht Mädchen oder so was. Es war ein Armaturenbrett, das einem ein bisschen Angst machen konnte.

Dann schoss aus einer Stoppstrasse ein silberner Audi A4 und zwängte sich vor uns. «Arsch», quittierte der Taxifahrer die Aktion und fuhr noch dichter auf. «Der ist auch giggerig. Und dann natürlich typisch: ein Audi. Kein Wunder. Audifahrer sind immer alle giggerig. Giggerige Arschlöcher. Da kannst du sicher sein, dass in einem Audi ein Trottel hockt. Ein richtiges Scheissauto, der Audi. Für Krawatten- und Anzugheinis, mittleres Kader. Wer meint, er sei etwas, der least sich einen Audi. Giggerige Cheibe. Angeber. Sind ja alle geleast. Die haben das Geld für die Autos gar nicht. Ich fahre einen Renault Scenic. Das ist ein super Auto und bei den Sicherheitstest immer vorne. Wie auch die Citroën. Früher fuhr ich immer nur Citroën. CX. Super Auto. Der C5 auch. Aber Audi, das ist ein totales Trottelauto. Und dann die ganze Geschichte, die da dranhängt. Die braune Suppe. Ein Naziauto. Hitler fuhr natürlich nicht Citroën, oder? Ha ha. Der fuhr auch nicht Renault, oder? Was fuhr der wohl, hä? Mein Renault ist ein Diesel. Hört man aber gar nicht, oder? 6 Liter reichen dem. Ein super Wägeli, mein Renault. Eine Kutsche, ja, eine richtige Kutsche. Wir sollten alle wieder mehr Kutschen fahren. Rumkutschieren statt giggerig tun.» Und so ging es weiter. Quer durch die Stadt, am Bürkliplatz vorbei, vor Ampeln haltend, dem See entlang, über dem die Nacht blau war. Am Ziel angekommen, leuchten schamlos «24.70» auf dem Taxameter, und ich sagte, zwei Zwanzigernoten in den Fingern: «Ich fahre übrigens auch einen Audi.» Und der Taxifahrer, nach Wechselgeld klaubend im Münzfach seines grossen Portemonnaies, ohne mich anzublicken, murmelnd: «Selber schuld.» Ich schlug die Türe sanft zu. Er fuhr davon, mit seinem klopfenden Renault Diesel, den Büchern und den Fotos von den Katzen, allen vieren. Bevor ich das Haus aufschloss, da wartete ich einen Moment. Die Nacht war wunderbar ruhig.

Erschienen im «Magazin» vom 9. August 2003

Nachtrag: Brauchtum

Drei Männer stehen auf einem Wagen. Er wird von zwei dunklen Pferden durch Zürich gezogen. Die Männer hauen auf ein Fass, mit Hämmern, keine Ahnung, was das soll. Dazu singen sie, grob wie ihr Hämmern, derb: «D Mülleri het sie het, d Mülleri het sie het, d Mülleri het in d'Hose gschisse und em Maa dr Sack abgrisse.» Ich habe das im Fernsehen gesehen, in einem Bericht der «Rundschau». Der Bericht handelte vom Sechseläuten-Umzug, genauer vom Umstand, dass die Frauen da nicht mitmarschieren dürfen, weil sie Frauen sind. Ehrlich gefragt: why? Warum wollen die Frauen da mitmarschieren? Wie dem auch sei, manche Frauen denken halt manchmal komisch, wie ich als Mann wohl behaupten kann. Wer nun sagt, das stimme nicht, der soll doch einfach mal einen Blick auf die Titelseiten der Frauenheftli am Kiosk werfen. Aber auch die noch so komisch denkende Frau kommt natürlich nicht an gegen die drei Männer auf dem Wagen, hämmernd, debiles Zeugs johlend. Das also ist Brauchtum! Das also ist Sechseläuten! Das also ist Zürich! Und nun frage ich mich natürlich: Wenn der Böög mit seiner Pfeife im Mund nach London geht in diesem Herbst, damit er dort die Briten entzückt mit explodierendem Kopf, gehen dann die drei Männer mit ihrem Lied auch mit? Singen sie es dann auf Englisch? Na, da werden die Briten aber Augen machen. Und seid gewarnt, ihr drei Männer: Man darf dort das braune Wort nicht aussprechen! Sonst kommt ihr in den Chäfig! Ich möchte bei dieser Gelegenheit der Redaktion der «Rundschau» für diesen Beitrag danken. Er hilft mir zwar nicht, die Welt besser zu verstehen, Zürich aber schon. Als Basler bin ich nun ein wenig beruhigt, denn ich dachte immer, die dortige Fasnacht sei der Grund des Fasses der Dunkelheit. Ausserdem besitze ich nun den Bericht auf Videoband gebannt. Ein tolles Zeitdokument, wertvoll wie der vergoldete Hobel der Tischlerzunft oder eine vergoldete AK47. Und wenn es mir einmal sehr schlecht gehen sollte, wirklich mies, dreckig wie einem frisch verlassenen Schwan auf dem Zürichsee, dann seh ich mir das Band an. Seh mir diese drei Männer an, die auf dem Wagen stehen, hämmern, dieses unglaubliche Lied singen und dem Reporter auf die Frage, was das Lied denn soll, antworten: «Es hilft uns, beim Nageln den Takt zu halten.» Oh boy. Es ist gut zu wissen, dass man noch nicht ganz unten angekommen ist.

PS. Was machen eigentlich die zwei Pferde das ganze Jahr über, wenn sie nicht den Wagen ziehen müssen?

Erschienen im «Magazin» vom 10. Mai 2003

Die betrunkene Kolumne (4)

Sexuelle Belästigung sollte man nüchtern betrachten. Zum Beispiel schadet es einem Hintern überhaupt nichts, wenn er ab und zu von einer knochigen Männerhand getätschelt wird, das härtet ihn ab. Wenn die Wirtschaftskrise so weitergeht, müssen wir vielleicht bald alle auf Kartoffelkisten sitzen, und dann, meine Damen, ist man froh um einen Po, der etwas aushält, und jetzt Themawechsel. Anatomisch betrachtet ist der Hintern nichts anderes als der Ort, wo im Fernsehen die Live-Übertragung einer Darmspiegelung beginnt, ohne Füdli keine Darmkrebs-Prophylaxe, so einfach ist das. Ich habe einmal bei einem Wettbewerb der Firma Hakle eine Gratis-Koloskopie gewonnen, der Arzt sagte: «Dort auf dem Monitor sehen Sie jetzt Ihren Dickdarm sehr schön.»
Mein Darm war wirklich eine Sehenswürdigkeit, er sah aus wie die Balla-Balla-Rutschbahn im Alpamare, das ist die längste Röhrenrutschbahn Europas. Ich sagte: «Herr Doktor, ich kann fast nicht glauben, dass ich einen so imposanten Darm habe, ich fühle mich wie der Besitzer der Cheops-Pyramide!» «Die meisten Leute», sagte der Arzt, «wissen leider nicht, wie schön ihre inneren Organe sind.» Aber die meisten Leute wissen auch nicht, was in einem Migros-Cervelat drin ist, das steht ja wohl fest.
Andererseits bin ich ein Gegner der sexuellen Belästigung, man sollte Frauen auf anspruchsvollere Weise belästigen, und zwar mit Gedichten. Als ich 1974 pubertierte, gab es in meiner Latein-Klasse keine, die in ihrer Jacke nicht irgendwann einen nach Pickelcrème riechenden Zettel fand mit meinem Gedicht: «Ego te amus ex corus internus.» Mein rechtsextremer Lateinlehrer Schelling entdeckte einmal einen solchen Zettel und sagte vor der ganzen Klasse: «Interessantes Latein, übersetzt heisst das: Ich dir lieben von totale Herz. So redet kein Lateinschüler, Reichlin, so reden die verdammten italienischen Gastarbeiter!» Es gab eben damals in der Schweiz noch keine Ex-Jugoslawen, ich war praktisch der

Erste. Aber sicher nicht der Letzte, denn jetzt ist sogar schon unser Pöstler ein Ex, er heisst Stepanovic und wirft die Briefe für meinen Nachbarn Sutter konsequent in meinen Briefkasten! Als Ausländer kann Stepanovic natürlich nicht wissen, dass Sutter und ich nur deshalb nicht aufeinander schiessen, weil es im Gefängnis so viele Ausländer hat. Kürzlich hämmert also dieser Sutter an meine Tür und fragt: «Sie Mistkerl haben nicht zufällig eine Rechnung, die mir gehört?» Ich sage: «Doch, ich habe zufällig eine Rechnung, die einem Arschloch gehört, aber Sie können sie ja doch nicht bezahlen, Sie haben ja nicht mal ein Auto mit Regensensor.» «Klar habe ich Regensensor», sagt Sutter, «aber Sie Penner haben keinen Regensensor, geschweige denn Parc Distance Control, und ausserdem riecht man, dass Sie gerade herabgesetzte Migros-Cervelats sieden!» Ich sage: «Ja, aber nur als Experiment, ich will wissen, was da drin ist, und dann spende ich die Würste der Heilsarmee, ich kanns mir leisten, ich habe 225 PS, was sagen Sie Schleimbeutel jetzt?!» Und dann sagt er, und dann sage ich, und an allem sind diesmal wirklich die Ausländer schuld, weil sie Briefe in falsche Kästen werfen.

So viel zu dem, und jetzt konsumiere ich noch einen Joint, das ist englisch und heisst Keule. The joint of the lamb, die Lammkeule, oder the joint of Kain, die Keule, mit der Kain Herrn Sutter erschlug, und so weiter.

Erschienen im «Facts» vom 15. Mai 2003

Die betrunkene Kolumne (7)

Christiane Brunner, da denke ich: sympathisch, aber leicht hat sie es im französischen Sprachraum sicher nicht. «Allô, je suis Kristione Brunäär» klingt doch für die Franzosen, als würde Jacques Chirac sagen: «Bonjour, je suis Jakob Gurke.» Als Kind dachte ich, dass Chirac auf deutsch Gurke heisst, wegen dem Werbespot. Ein Chor sang «Chii-rac, Chii-rac!», und dazu tanzten drei Gurken vor einem Einmachglas herum und nicht mal schlecht. In der Pubertät war ich dann erstaunt, dass das, was ich am Morgen jeweils hatte, auf der Milchpackung draufstand, und erst noch auf Italienisch, und jetzt Themawechsel, Thema Patriarchat. Letzte Woche sagte jemand im Fernsehen: «Christiane Brunner hat in ihrer Jugend das Patriarchat auf den Kopf gestellt.» Aus feministischer Sicht war das eine kontraproduktive Aktion, denn wenn man das Patriarchat auf den Kopf stellt, hängt der Schwanz noch höher als vorher. Das hat mit einem Phänomen zu tun, das schon Leonardo da Vinci bekannt war, nämlich sind die Beine eines durchschnittlichen Mannes etwas kürzer als Kopf und Oberkörper zusammen, aber so genau wollte es Christiane Brunner in ihrer Jugend offenbar gar nicht wissen.
Ich persönlich liebe ja die SP Schweiz, sie ist die einzige Partei, die sich nicht für ihre eigenen Wähler einsetzt, sondern für schlechter Verdienende. Das sind die Leute, die sich ihre Zähne in Ungarn flicken lassen und dann vor lauter Schmerzen SVP wählen. Von der SVP bin ich enttäuscht, seit ich einmal auf einer Party neben Christoph Blocher gestanden bin und gemerkt habe: Der ist ja so klein wie ich, keine Einssiebzig! Aber im Fernsehen wirkt er viel grösser, das ist doch Wählerbetrug! Es ist wissenschaftlich erwiesen, dass die Leute lieber grosse Politiker wählen, Beispiel Chirac, da müsste eine Gurke schon ziemlich gut gedüngt werden, um so lang zu werden wie er. Für Bill Clinton mussten sie im Flugzeug manchmal oben ein Stück herausschneiden, er flog buchstäblich mit dem

Kopf durch die Wolken, davon kann Blocher nur träumen. Wenn er im Flugzeug sitzt, müssen die Stewardessen ihm einen Stapel NZZ-Fernausgaben unters Füdli schieben, damit er vom Sicherheitsgurt nicht erwürgt wird. Man müsste vielleicht hinzufügen, dass man sich in Flugzeugen den Gurt um den Bauch schnallt, das ist für Schwangere und mich natürlich ein Problem, na gut, dann eben nur für mich. Mein Bauch hängt beim Start jeweils wie ein Ballastsack über den straffen Gurt, das macht mir Angst, ich verliere das Vertrauen in die Triebwerke. Ich stelle mir dann vor, wie der Pilot zum Kopiloten sagt: «Verdammt, da hängt ein Bauch über den Gurt, wir sind zu schwer, ich kriege die Kiste nicht hoch, hallo Tower, Mayday, Mayday! Sagt meiner Frau, dass ich sie liebe, oder nein, sagt ihr die Wahrheit.»

Zum Thema Flugangst nur so viel: Es gibt Leute, die genau wissen, mit wem sie am liebsten schlafen würden oder welches Auto sie gern fahren möchten, da kann ich nicht mitreden, ich weiss nur, wo ich am liebsten abstürzen würde, nämlich auf dem Gipfel des Himalaja, dort stehen genügend Fernsehkameras. Ich würde von oben auf den Gipfel herunterfallen, und die Kameraleute würden sagen: «Wow, das ist die Erstbesteigung durch eine Leiche! Wer ist dieser Mann, und wird er seinen plötzlichen Weltruhm verkraften oder sich verbittert in die Antarktis zurückziehen wie Reinhold Messner?»

Erschienen im «Facts» vom 12. Juni 2003

Nietzsche kommt vor

Mir hat Max Frisch einmal einen Brief geschrieben, dafür gibt es Zeugen, und darin stand: «In Zürich gibt es zu viele Baustellen». Es stand natürlich auch noch drin, dass er meine Gedichte Mist findet und ich ihm bitte keine mehr schicken soll, aber das mit den Baustellen hat mir fast noch mehr imponiert.
Kürzlich lief ich an einer vorbei und sah ein Public-Relations-Plakat des Tiefbauamts mit der Aufschrift: «Strassenbauer haben Bizeps und Grips.» Mit dem Bizeps machen sie also Lärm, und mit dem Grips denken sie dann darüber nach, so in der Art: «Ich frage mich, ob Nietzsche den Lärm, den ich mit dem Presslufthammer mache, als Ausdruck meines Übermenschentums gewertet oder ganz einfach futzdumm gefunden hätte.» Futzdumm ist das Lieblingswort der Zürcher Bauarbeiter, man hört es vor allem mittags, wenn sie im Versorgungs-Container Orgien mit halben Migros-Poulets und warmem Hürlimannbier veranstalten: «He du, Monn, das warm Bier hier fährt futzdumm ein!» Oder: «Monn, ist hier feucht, ich krieg wieder mein futzdummes Rheuma», das ist das Allerneuste, jetzt haben Bauarbeiter auch noch Rheuma, wie Rentner auf der Kreuzfahrt!
Rentner sind das pure Gegenteil von Bauarbeitern, sie machen keinen Lärm, haben keinen Bizeps mehr, und das Wort «Grips» auf dem Plakat des Tiefbauamtes ist wahrscheinlich sowieso ein Schreibfehler, Rentner haben keinen Gips. Dafür haben sie Geld, das ist auch ein Naturprodukt, wie Gips, nehmen wir mal eine Tausendernote: sie besteht im Wesentlichen aus Papier, also aus zerstückelten Bäumen und Wasser. Banknoten sind praktisch bio, man kann sie sogar kompostieren, wenn einem der Reichtum über den Kopf wächst, und das ist bei den Rentnern ja wohl der Fall. Manche von ihnen verstecken ihre Tausendernoten noch immer unter der Matratze, die wird auf diese Weise zum Hochsitz: Die Rentner müssen abends mit Leitern ins Bett steigen und schlafen

dann buchstäblich mit der Stirn an der Decke. Am nächsten Morgen jammern sie: «Noch einmal AHV, und ich muss mir eine zweite Matratze kaufen! Was das wieder kostet, ich glaub, ich überfalle eine allein erziehende Mutter.» Und jetzt Themawechsel, Thema «Das letzte Hemd hat keine Taschen» oder nein, Thema «Dünne Männer in engen Badehosen», das ist ein optisches Phänomen.

Wenn dünne Männer in der Badeanstalt auf dem Rücken liegen und dabei Tanga-Badehosen tragen, wirkt ihr Gemächtehügel aus der Perspektive von Leuten, die auch auf dem Rücken liegen, überproportional gross, wie ein Maulwurfshügel auf einem Brett. Man hat richtig Lust, mit einer Wasserpistole darauf zu schiessen oder eventuell ein Kirschkern-Spuck-Turnier zu veranstalten, und jetzt ab ins Internet: Bei «Ebay» kann man Tanga-Badehosen bestellen, aber man muss sich zuvor entscheiden, will man New oder Second Hand? Es kommt noch so weit, dass die Bauarbeiter in der Migros zwischen neuen und Second-Hand-Poulets wählen müssen, was kümmerts mich, für Tangas bin ich sowieso zu dick.

Wenn ich in der Badeanstalt auf dem Rücken liege, legen sich die Leute zum Abkühlen in meinen Schatten. Zum Glück bin ich Altruist. Das ist ein Mensch, der immer an die anderen denkt, das tue ich dauernd, ich denke: «Frisch war ein Trottel, er hatte keine Ahnung von Gedichten! Genau wie dieser Bauarbeiter dort, diese Lärmkröte! Und dem Rentner da drüben sollte man die Matraze anzünden! Und dem da mit dem String-Tanga gehts wohl zu gut, gopferteckel!»

Erschienen im «Facts» vom 3. Juli 2003

Max Küng Linus Reichlin Gion Cavelty Thomas Widmer Christoph Schuler Katja Alves H.G. Hildebrandt Bänz Friedli Doris Knecht Richard Reich Constantin Seibt

mimu

Vom Wunsch, eine Fee zu sein

Als Kleinkind wäre ich gerne eine Fee gewesen.
Als Grosskind auch.
Ich meine: Andere Buben haben mich als Cowboys zum Sklaven gemacht. Sie haben mich als Goalpfosten missbraucht und durch mich hindurch Fussball gespielt.
Nur i c h träumte immer davon, eine Fee zu sein.
Vermutlich kam der Traum aus der Märchenwelt, in der ich jeweils einstieg, um den Mief von bohnernden Blochern und «zieht die Schuhe aus!» zu vergessen. Ich wollte eine Welt, so süss wie Tubenkondensmilch und in der es nach Hyazinthen duftete - nicht nach verkochtem Kohl oder freitags immer Kabeljau, dessen Bratschwaden mir 30 Jahre lang jede Lust auf Fisch vereitelt hatten.
Ich wollte auch eine königliche Mutter, die huldvoll winkend in einer Kutsche durch die Strassen gefahren würde – und nicht diese gestresste Mamma auf dem klapprigen Solex, wo das Kind wie ein Pfund welker Lauch auf dem Gepäckträger hinten angeschnallt mitwippelte.
Feen konnten alle Wünsche erfüllen. Und ich wäre gerne eine Fee gewesen, weil ich dann meiner Grossmutter die längst versprochene, goldene Terrasse hätte hinzaubern können. Grossmutter wohnte nämlich terrassenlos. Sie hielt sich ihr Fässchen mit Malaga sowie die vierzehn Kaninchen in der Küche. Ich wollte als gute Fee diesen einzigartig süss-säuerlichen Gestank von Kaninchenmist und verschüttetem Malaga – wippediwappediwuu! – wegzaubern, damit sich meine Mutter nicht immer bei Vater den Mund darüber verreissen konnte.
Ich hatte den guten Willen.
Aber ich war machtlos. Mit fehlte der Stab samt Zauber.
Als erwachsener Mensch wurde mir bewusst, dass die Sache mit der Fee immer ein Märchen bleiben würde. Das war im Spielcasino von Istanbul, wo ich meine Mutter ans Roulette zerrte: «Ich

habs im Griff und ich habs im Gefühl – heute wirst du das grosse Glück machen. Setz alles Geld auf die magische 17!»

Da meine Mutter einer Frauen-Generation angehörte, wo sie blindlings das machte, was die Männer ansagten, leerte sie das ganze Feriengeld auf -17-. Ich flüsterte zur Elfenbeinkugel «wippediwappediwuu – die 17 kommt im Nu!». Es war dann die 22, und wir sind fünf Tage früher aus Istanbul abgereist.

Ich habs dann noch als Kuppelfee versucht und in einer TV-Sendung «Wippediwappediwuu – Deine Partnerin und Du» Beziehungskisten angemischt. Aber auch das endete nach ersten Höhenflügen stets als Desaster und dem Ruf nach einer Prise Arsen.

Ich frage mich wo die Grimms und Hauffs alle diese Feen herhatten, wo es sie gar nicht gibt. Vermutlich war da am Anfang auch einmal so eine sentimentale Tucke, welche gerne die Welt verändert hätte.

P.S. Heute haben Zauberstäbe die Form vom Bomben, Raketen und cachierten Selbstmordattentäter-Minchen. Sie sind effizienter als die lächerlich dünnen, magischen Stecklein. Den Feen genügt ein Druck auf den Knopf: Wippediwappediwuu – und die Welt hat ew'ge Ruh.

Erschienen in der «Basler Zeitung» vom 19. März 2003

Kommentar

Sie nennen das jetzt Kolumnen. Ich meine, früher hiess es einfach «Schreib noch ein Geschichtlein».
Jetzt tönt die Sache wie kurz vor dem Purltizer-Preis ...
Die «Geschichtlein» waren einst Lückenfüller. Der Bericht irgendeiner Parteiveranstaltung kam zu spät. Onkel Fritz, der dienstälteste Redaktor jener Zeit, hatte Panik, weil keinen Stoff. Also musste ein Füller her: «Schreib irgend etwas – 54 Zeilen mit einem fröhlichen Schluss.»
So wurden früher Zeitungen gemacht. Und Geschichte. Eine Geschichte, die heute Kolumne heisst.
Kommentare jedoch gabs immer. Ich bin mit Kommentaren aufgewachsen. Oma gab Kommentare über Vater ab. Mutter über den Hut von Nelly Blickensdorfer. Und meine Redaktoren über die «Geschichtlein», mit denen ich ihr Blatt notfüllte.
Einen Kommentar hat jeder schnell zur Hand, zur Schreibe, zu Mund. Auch Frau Zirngibel kommentiert – an der Coop-Kasse gibt sie einen sackstarken Comment über das letzte Musikantenstadel ab. Da wird der Kommentar zur Kritik. Und Kritik habe ich im Journalismus mehr gesehen als Kommas. Jede Journalistin, jeder Redaktor ist zum Kritiker geboren. Das ist keine Kritik – das sind Facts.
Man erkennt den Kritiker daran, dass er mit erhobenem Zeigefinger auf die Welt kommt. Aber Kritiker sind noch lange keine Kolumnisten. Und Kommentatoren noch lange keine Geschichtenerzähler – beide sind professionelle Unken im weinerlichen Singsangton sizilianischer Klageweiber. Sie müffeln mit diesen stirnrunzelten Gesichtern herum, wie Tante Erna, wenn sie Migräne hatte. Und sie finden auch bei Note 6,0 noch ein «wenn» und «aber...».
Als ich noch Geschichten und keine Kolumnen schrieb, war Gwendolyn eine erfundene Ente, die der kommunistischen Partei ange-

hörte und auf meinem Balkon mit einer Ameise namens Lullu zusammenlebte. Gwendolyn war quasi der Harry Potter eines Blatts, das damals «National-Zeitung» hiess und heute auch Geschichte ist.

Gwendolyn wurde von meinen Kollegen zerzupft, bevor sie überhaupt auf die Welt gekommen war. Sie überlebte dann fünf Jahre dank Stoffmangel. Schliesslich hatten die Redaktoren von diesen «Geschichtlein» endgültig genug. Sie drehten dem Vogel den Hals um. Und in meiner eigenen Zeitung musste ich lesen, dass Gwendolyn nun in einer Tiefkühltruhe zu haben sei. Sonst nicht mehr.

Ich warf mich hysterisch auf den Boden und flennte Sturzbäche – «mach keine Geschichten!», sagten die Kollegen nur.

Wenn ich die Entenzeilen, die vor 30 Jahren notgedrungt worden sind, jetzt wieder lese, muss ich sagen, dass Gwendolyn ihrer Zeit einige Jahrzehnte voraus war. Denn heute sind skurrile Geschichten im Journalismus gesucht – nur heissen sie Kolumnen. Und ihre Urheber sind Kolumnisten. Doch da das Ganze weder Fisch noch Vogel, weder Literatur noch Journalismus ist, bleibts auch in der Kolumne meistens bei der von den Kollegen still belächelten Ente.

PS: Das hier ist keine Kolumne.
Sondern ein Kommentar zur Kritik.

Erschienen in der «Basler Zeitung» vom 05. Februar 2002

Weihnachtsgeschichte

Tramführer Hans Wagner hatte sich für den Dienst am Heiligen Abend eingeschrieben. Charlotte hatte ihn zwar mit Vorwürfen bombardiert: «Natürlich – i c h füttere die Sippe durch. Und d u drückst dich...»
Nun wars bereits dunkel. Wagner hockte in seinem Führerstand. Er überlegte, weshalb die Menschen an einem Heiligen Abend zur Familie drängten, wenn sie doch nur Zoff anzettelten. Seine Schwägerin hatte bei ihrer Ankunft sofort ein paar giftige Bemerkungen über Trämlerlöhne abgefeuert und mit ihrer Kreuzfahrt in der Karibik angegeben – und seine Schwiegermutter hatte ihn anzüglich angeknurrt: «Die können es sich eben leisten...»
Er hätte Charlotte auch gerne eine Kreuzfahrt gegönnt. Mit drei Kindern war sie punkto Stress mehr als bedient. Doch Lohnklasse 16 reichte eben noch für den Dampfkochtopf, den sie sich gewünscht hatte.
Wagner äugte in den Rückspiegel. Nach einem letzten Ansturm um fünf Uhr abends war die Stadt nun ausgestorben. In den Aussenquartieren funkelten die ersten Bäume hinter den Fenstern – das Tram war beinahe leer. Nur der alte Mann mit dem Pelzkragen drehte bereits die dritte Runde auf dem hintersten Sitz.
Max Gut schaute immer wieder auf das kleine Mobiltelefon, das er sich vor einem halben Jahr zugelegt hatte. Beiden Söhnen hatte er seine Nummer durchgegeben. Aber ausser dem einen Mal, als einer eine Unterschrift für den Verkauf eines Grundstücks brauchte, hat es nie gedudelt. Bei dieser Gelegenheit hatte Patrick auch gleich erklärt, er sei an Weihnachten beim Skifahren. Und sein Bruder komme mit.
Das Tram ratterte bei der Endstation in die Schlaufe. Max Gut blieb sitzen – da stand der Wagenführer neben ihm: «Frohe Weihnachten – Sie sind wohl alleine?»
Hans Wagner waren solche Dauerfahrgäste nichts Ungewohntes –

meistens einsame Menschen.

Er setzte sich auf die Zweierbank zu seinem Fahrgast. Schraubte die Thermosflasche mit dem Kaffee auf. Und reichte Gut ein Stück Weihnachtsstollen: «Von meiner Frau – die macht den besten.»

«Es ist nicht gut, alleine zu sein», flüsterte Gut, «besonders in dieser Nacht...».

«Sie können Familie haben, und sind dennoch alleine...», gab Wagner zurück. Er erzählte von den Spannungen im Hause. «Ich möchte mit meiner Frau einmal verreisen. Ganz alleine...».

Um ein Uhr morgens waren der Dienst und die letzte Tour zu Ende. Gut verabschiedete sich vom Tramführer. Sie dutzten sich nun. Als Wagner heimkam, räumte seine Frau die Stube auf. «Wie wars?» «Wie immer», antwortete sie.

Er nahm sie in die Arme. Und schob ihr zwei Geldscheine zu – «Hier. Das Christkind war im Tram. Das ist für eine weite Reise...» Als Max Gut nach Hause kam, schellte das Telefon: «Wo bist du gewesen – wir haben schon hundertmal angerufen und uns gesorgt?» – Es waren seine beiden Söhne.

So sollte eigentlich eine Weihnachtsgeschichte enden. Tatsache ist jedoch, dass Trämler Wagner einen Dampfkochtopf verschenkt hat. Und bei Max Gut blieb das Telefon noch wochenlang stumm. Das Leben schreibt selten Weihnachtsgeschichten.

Erschienen in der «Basler Zeitung» vom 21. Dezember 2002

Max Küng Linus Reichlin -minu Gion **Cavelty** Thomas Widmer Christoph Schuler Katja Alves H.G. Hildebrandt Bänz Friedli Doris Knecht Richard Reich Constantin Seibt

Lieber Bier als Vampir

Gibt es etwas Durchtriebeneres auf der Welt als Bücher? Meiner Meinung nach nicht. Diese dreisten Wesen tun alles, um uns um den Finger zu wickeln. In verführerische Umschläge gehüllt, posieren sie schamlos herum, bereit, sich dem Erstbesten hinzugeben, der nach ihnen greift. Das Ziel eines Buches ist: Es will gelesen werden. Mit diesem Wissen ist es ein Leichtes, Bücher zu demütigen: Man muss sie konsequent ignorieren.

Ohne mich selbst loben zu wollen, möchte ich doch behaupten: ich bin ein Meister in dieser Kunst. Immer, wenn mich ein Buch durch das Schaufenster einer Buchhandlung anmacht, gehe ich hinein und kaufe es. Dann freut es sich und meint, es habe schon gewonnen. Hat es aber nicht. Denn zu Hause würdige ich es für den Rest seines traurigen Lebens keines Blickes mehr. Ich horte in meiner Wohnung Dutzende von Coop-Tragtaschen voll mit Büchern, die ich nie lesen werde (das ist die reine Wahrheit!). Die kalte Schulter ist alles, was sie von mir zu sehen bekommen, diese verfluchten kleinen Bastarde.

Ich möchte Sie in dieser ersten Lese-Kolumne (der hoffentlich noch viele fantastische Lese-Kolumnen folgen werden) dazu ermuntern: Machen Sie es wie ich! Schreiten Sie unverzüglich zur Tat und fangen Sie gleich mit etwas Grossem an!

Ich zum Beispiel habe mir letzte Woche die 13-bändige «Necroscope»-Saga des britischen Horrorautors Brian Lumley gekauft und selbstverständlich keine müde Zeile daraus gelesen. Aber es soll um Vampire gehen, die aus den Eingeweiden von getöteten Opfern irgendwelche Informationen extrahieren können. Ein Band umfasst durchschnittlich 586 Seiten, womit ich alles in Allem stolze 7618 Seiten nicht gelesen habe. Ein fantastisches Resultat, das ein gutes Gefühl verleiht und mit einer Stange Bier begossen werden darf!

Erschienen in der «Aargauer Zeitung» vom 7. Juni 2003

Wentylatora Poezjia

Auf meine erste Lese-Kolumne vom 7. Juni habe ich enttäuschenderweise nur eine Reaktion erhalten, ein E-Mail, das vermutlich wüste Beschimpfungen enthielt, aber da ich bekennender Nichtleser bin, habe ich es natürlich nicht gelesen.

In den letzten Wochen war es heiss, sehr heiss, und deswegen habe ich mir einen Ventilator gekauft. Als ich die Schachtel daheim aufmachte, präsentierten sich mir viele interessante Teile, die erst korrekt zusammengebaut werden mussten, um einen Ventilator zu ergeben. Doch wie? Ein echter Nichtleser darf natürlich nicht die Gebrauchsanweisung konsultieren!

Stundenlang schraubte, drehte und fummelte ich im Schweisse meines Angesichts erfolglos herum, dann fällte ich eine folgenschwere Entscheidung: Es soll jedermann gestattet sein, Texte in Sprachen zu lesen, die er nicht beherrscht.

Ich darf also, da ich zum Beispiel kein Finnisch verstehe, die finnische Montageanleitung auf Seite 18 der Gebrauchsanweisung lesen. Und da heisst es so schön: «Käytettäessä tuuletinta lasten läheisyydessä on noudatettava erityistä varovaisuutta.»

Ich habe diese Stelle mit der polnischen Variante auf Seite 24 verglichen: «W przypadku uzytkowania wentylatora w poblizu dzieci nalezy zachowac szczegolna ostroznosc.» Davon glaube ich immerhin das Wort «wentylatora» verstanden zu haben (das auf Deutsch höchstwahrscheinlich «Ventilator» heisst).

So ging das jedenfalls stundenlang weiter, die Unterschiede zwischen den einzelnen Sprachen sind verblüffend! Ob dieser Erkenntnis habe ich die Hitze vollkommen vergessen. Der Ventilator ist immer noch nicht zusammengebaut, aber schliesslich ist der Weg das Ziel. Mein Lektüretipp diesmal: die äusserst amüsante Gebrauchsanweisung des Ventilators HT-530E/HT-540E von der Firma Honeywell. Die Zeit wird Ihnen wie im Fluge vergehen!

Erschienen in der «Aargauer Zeitung» vom 19. Juli 2003

Sex

Die Hitze, sie macht mich wahnsinnig (siehe Kolumne vom 19. 7.)! Der Beweis dafür ist, dass ich mir gestern ein Buch gekauft habe – ich, der ich Bücher aus tiefstem Herzen hasse! Und ich habe es nicht gekauft, um es zu demütigen (siehe Kolumne vom 7. 6.), sondern um es zu lesen! Es handelt sich um Jeffrey Eugenides' Roman «Middlesex», und ich dachte, es gehe um Sex. Dabei ist das eine stinklangweilige, sich über Jahrzehnte hinziehende Familiensaga, in der irgendwelche Leute flüchten und in die USA einwandern oder so. Schauen Sie sich folgende Passage an: «Stumm stocherte sie auf ihrem Witwenplatz am Kopfende des Tisches in ihrem Weissfisch und trank ihr Glas Mavrodaphne, doch ihre Gedanken waren mir ebenso verborgen wie ihr Gesicht hinter dem schwarzen Schleier.» Mir ist schlagartig das Gesicht eingeschlafen, als ich das gelesen habe. Von Sex keine Spur!

Nun ist es zum Glück so, dass ich im Internet auf einen so genannten Anagramm-Generator gestossen bin. Ein Anagramm, Sie wissen es, ist eine «Umstellung aller Buchstaben eines Wortes zur Bildung eines neuen», zum Beispiel «Mehl» – «Helm». Wenn man obigen Middlesex-Ausschnitt in diese Maschine eingibt, kommt Folgendes heraus: «Ach erotischste Stumme waschen grosse Riesenmoepse oh Gott hat die einen Wahnsinnshintern bumsen bis die Feuerwehr kommt heiliger Adalbert hilf mir ich kriege einen Herzinfarkd mvrchwzcdwp Prawda Arsch EDV.» So macht die Sache wesentlich mehr Spass. Hier ist die Adresse eines hervorragenden Anagramm-Generators, mit dem Sie auch Anagramme in Englisch, Französisch, Spanisch und Italienisch erzeugen können: www.wordsmith.org/anagram/advanced.html. Geben Sie Ihren Namen ein und lassen Sie sich überraschen, was dabei so alles herauskommt! Bis zum nächsten Mal, Ihr Calvinist Maeht Yoga (= Maya Totschlagen Vii = Hansa Citylage Motiv).

Erschienen in der «Aargauer Zeitung» vom 16. August 2003

Si j'étais général

In diesem Jahr feiert der Kanton Aargau 200 Jahre Zugehörigkeit zur Eidgenossenschaft. Das ist tief bedauerlich! Denn wäre der Aargau nicht Teil der Schweiz, müsste der Rest der Confoederationis Helveticae keine Bücher von Aargauer Autoren lesen. Das wäre herrlich! Herrlich! Ich sage es noch einmal: Heeeeerrrrrrlich!
Napoleon ist schuld an Silvio Blatter! Merci beaucoup, mon général! Hättest du 1803 doch Magengrippe gehabt und uns in Frieden gelassen! Andererseits ist es mit der Produktivität der Aargauer Autoren zum Glück nicht zum Besten bestellt - ein «merci beaucoup» geht auch an dich, Ruth Schweikert – lass Dir mit Deinem neuen Roman «Ohio» ruhig noch zwanzig, dreissig Jahre Zeit, oder bring ihn am besten gar nicht heraus! Wir alle würden es dir auf den Knien danken!
Wenn ich General wäre, würde ich sofort ein Schreibverbot für den Aargau erlassen. Und ich würde jenen Autoren Literaturpreise verleihen, die sich verpflichten, keine Bücher zu schreiben. Für jedes nicht geschriebene Buch gäbe es 500 Franken. Ein süsses Gefühl der Erregung packt mich bei diesem Gedanken! Ich selber habe nämlich auch schon eine Unmenge von Büchern nicht geschrieben. Ich wäre reich, wenn ich meine Idee in die Tat umsetzen würde!
Eben fällt mir ein, dass heuer ja auch mein Heimatkanton Graubünden seit 200 Jahren bei der Schweiz mit dabei ist – und wenn dem nicht so wäre, hätte ich an dieser Stelle auch keine Kolumne. Wissen Sie, ich hänge sehr an dieser Kolumne. Der Inhalt ist mir egal, ich habe einfach Freude an meinem Föteli oben. Vergessen Sie also meine geschichtlichen Exkurse und alles, was ich über den Aargau gesagt habe. Schauen Sie sich ab jetzt nur noch das Föteli an. Ich werde nächstes Mal einen kleinen Test machen, um sicherzugehen, dass Sie diese Kolumne wirklich nicht mehr lesen!

Erschienen in der «Aargauer Zeitung» vom 20. September 2003

Max Küng Linus Reichlin -minu Gion Cavelty **Thomas Widmer** Christoph Schuler Katja Alves H.G. Hildebrandt Bänz Friedli Doris Knecht Richard Reich Constantin Seibt

Big Father

Wunderbar menschlich, das Container-Fernsehen aus Rom. Und die vielen Highlights! Joseph, «Ratzi» genannt, beginnt wild zu schunkeln, als einmal unverhofft Popsongs aus den Lautsprechern dröhnen. Finsterling Dionigo, der frühere Moraltheologe, wettert stundenlang wider die Selbstbefleckung in den Schlafkojen. Ronaldo rührt zu Tränen, während er von seiner früheren – keusch gebliebenen – Liebe zu einer Jung-Theologin erzählt. Carlo Maria profiliert sich als Super-Sugo-Koch. Und Francis wirkt Jahrzehnte jünger, als er, albern wie einst im Priesterseminar, Ketchup in die Duschköpfe schmuggelt. Weil die Insassen aus aller Herren Länder kommen, wird der daraus erwachsende Zoff der Kardinäle selbstverständlich auf Lateinisch abgewickelt. Mit Simultanübersetzung. Mein Vorschlag: Papstwahl im Big-Brother-Modus. Das Containerspektakel kommt bekanntlich beim Volk hervorragend an. Eine Chance für den Vatikan, wo bald einmal ein neuer Pontifex den allmählich sehr gebrechlichen Johannes Paul II. ersetzen muss – warum nicht die Gelegenheit packen für super PR in eigener Sache? Die Jugend erreicht man auf keine andere Art besser. Big Father jeden Abend live aus Rom drängt sich auch auf, weil die katholische Kirche samt ihrem Kardinalsgremium während Jahrhunderten das ganze Big-Brother-Instrumentarium – Mobbing, Intrige, Verschwörung – praktiziert und perfektioniert hat. Freilich wird, bevor sich die zehn nominierten Kardinäle ins Container-Konklave zurückziehen, auf striktes Fairplay zu pochen sein. Schliesslich schauen auch Kinder zu. Ringe, aus denen Giftstacheln ausfahrbar sind, sind darum strikt verboten. Solche Borgia-Methoden gehen zu weit.
Ein lebendiges Bild heutiger Kirche dürfte sich da bieten. Mit Höhen und Tiefen. Im Sprechzimmer, wo das Beichtgeheimnis selbstverständlich nicht gilt, beklagt sich Publikumsliebling «Ratzi» über Giovanni, der ihm dauernd die Mütze versteckt.

Anderntags versöhnen sich die zwei über einer Pesca-Frizz-Bowle, worauf das Minibesäufnis in einen heissen Männerstrip mündet und viel nackte Klerikerhaut zu sehen ist. Diverse Wochenaufgaben – «Führt eine Inquisitionsszene auf!» «Bastelt einen kleinen Dalai Lama aus Plastillin!» «Dichtet einen fiesen Slogan gegen die Schwulen-Ehe!» – halten die Insassen auf Trab. Tränen fliessen, wenn wieder einer abgewählt wird; doch entschädigt ihn nicht nur Gottes Trost, sondern auch die frenetische Menge vor dem Container auf dem Petersplatz. Als «Ratzi» als Drittletzter gehen muss, wartet draussen ein Plattenvertrag auf ihn. Nach 100 Tagen kommt schliesslich der Höhepunkt. Die Zuschauer haben gewählt. Die Sendeleitung lässt weissen Kunstrauch wabern. Und feierlich ertönt die frohe Botschaft: «Habemus Telepapam.»

Erschienen im «Facts» vom 4. Januar 2001

Der letzte Vegetarier

Das mit dem vegetarisch Essen hat so vor zweieinhalb Jahren angefangen. Es war wie immer, Silvia ging voran, Bernhard folgte. Denn Silvia hat in dieser Beziehung die Leadership. Ob sie plötzlich einen Bildungsschub anvisiert und beide für einen Französischkurs anmeldet, ob sie einen Yogakurs auf Tonband bestellt, einen Frühlingsputz ansetzt oder Ferien auf Guadeloupe vorschlägt, sie tut forsch den ersten Schritt. Bernhard brav den zweiten.
Wenn die zwei zu zweit auftreten, ist ihr Vegetariertum überzeugend. Silvia erklärt jeweils eloquent die gemeinsame Linie, Bernhard schweigt bejahend. Schwierig wirds für Bernhard nur, wenn er allein unterwegs ist. Vor allem seine Mutter, die Bäuerin, will nicht hinnehmen, dass ihr Bub plötzlich keinen Braten mehr isst – das ist doch nicht normal und muss von der feministischen Hexe kommen, die dem Bub all diese neumodischen Ideen eintrichtert. Tapfer wehrt sich Bernhard an den Sonntagen, wo er allein die Eltern besucht, gegen die ihm von der Mutter beharrlich angetragenen saftigen Stücke von Rind und Schwein. Mit faden Argumenten, verwässert vom zusammenströmenden Speichel.
Doch Bernhard bleibt standhaft. Bleibt Silvia treu. Über zwei Jahre lang. Eines Tages aber kommt er abends heim und sieht in der Küche verblüfft, wie Silvia einen stattlichen Lachs mit Zwiebeln garniert. Ein paar Tage später, der Fisch hat ihr die Brücke zum Fleisch gebaut, bringt Silvia zwei Paar Weisswürste vom Dorfmetzger mit und erklärt Bernhard, dass diese absoluten Regelungen, die von der Idee statt vom Menschen ausgehen, ihr immer fremder werden. Und dass in einer offenen Gesellschaft statt Dogmen die hinterfragende Vernunft herrschen sollte. Bernhard muss umdenken. Selektiv gutes Fleisch essen sei kein Problem. Sagt Silvia plötzlich.
Ende der vegetarischen Periode. Das Paar isst wieder ab und an

ein gutes Kotelett oder auch ein Freiland-Entrecôte. Es gibt allerdings einen im selben Haushalt, der bis heute das Fleisch meidet. Es ist der Dalmatiner, den Silvia seinerzeit parallel zu Bernhard auf Vegetarier trimmte. Legt man dem Hund einen leckeren, bereits in maulgerechte Scheiben zerteilten Cervelat vor die Schnauze, beschnuppert er den Köder misstrauisch. Lässt die Zunge kurz prüfend darüberfahren. Schaut einen verwirrt an. Und irgendwie angeekelt. Schaltet dann umgehend auf Desinteresse und dreht ab. Das Lieblingsgericht des Dalmatiners ist ein ganz anderes. Tomaten mit Mozzarella. Aber bitte ohne Zwiebeln!

Erschienen im «Facts» vom 9. Dezember 1999

Douce France

Die Ente macht mich glücklich. Ganz hymnisch wird mir in dem kleinen Bistro zu Mute. «Avec les deux pommes», hiess es auf der Karte, und wirklich sind die delikaten Filets von zwei Kugeln flankiert, deren eine sich als lauwarmer, wunderfeiner Kartoffelstock herausstellt, die andere hingegen als Püree aus Äpfeln. Der eingedickte Sauerkirschensaft, in dem das Fleisch sich suhlt, schmeckt göttlich, der Bordeaux strömt majestätisch wie die Garonne den Hals runter, und bei der «salade aux trois fromages» packt den Gast der Drang, aufzustehen und Frankreich zu Ehren die Marseillaise zu intonieren. Dann, überm Dessert, lässt zwar nicht das Glück nach, doch die Energie; der Gast sinkt in seinem Stuhl tiefer und tiefer, fühlt sich, derweil der Puls gegen 40 fällt, innig mit dem Land verbunden und erwägt, die Bedienung zu heiraten. Sie heisst Jeannine. Die linke Hand beschreibt wirre Kurven durch die Luft, Zeichen des Entzückens, der Gast vergisst sich selbst, während seine Zunge den letzten Bissen des «mille-feuille» liebkost. Douce France.

Ende der Ekstase. So genial war das Essen nur einmal auf der Fahrt ins Burgund. Ansonsten ist die Reise ins Herz der Kulinarik ernüchternd. An unsrer Einstellung kanns wirklich nicht liegen. Im charmanten Beizli in Besançon begrüssen wir am ersten Abend die verschüchtert wirkende Serviererin wie eine Götterbotin. Strahlen das Mädchen an, als sei sie ein von Bocuse persönlich an unsern Tisch delegierter Engel. Dann wird das Abendmahl bestellt. Endlich in Frankreich, klingt «steak au poivre» nicht wie ein Gedicht? Das Fleisch ist allerdings von Adern durchzogen wie Los Angeles von Schnellstrassen. So ein Steak serviert jede Raststätte zwischen Palermo und Bremen. Immerhin sind die Fritten gut. Was reicht, dass wir das Lokal in mittlerer Zufriedenheit verlassen. Frankreich, du hast bei mir den totalen Goodwill.

Würde ich mich in Zürich in eine Vorstadtbar setzen und mit dem

Quartieralki über Politik diskutieren? Sicher nicht! Doch wenn das Gegenüber ein Béret trägt, fühl ich mich wie in einem Rohmer-Film. Monsieur Paul lispelt, weil ihm ein Schneidezahn fehlt. Aber nett iff er. Erklärt mir die Nachteile der Europäiffen Union. Oui, Paul, t'as vraiment raison, sage ich regelmässig und: «tout à fait», «ah bon», «o, là, là». Dann ordern wir noch einen Gin Tonic, und die Serviererin, die sich mehr mit Weisswein auskennt, säuselt: «Voilà votre Jim Tonic, M'sieur Thomas.» Ach, Frankreich, ich liebe dich, ich liebe deine Menschen, ich liebe alles, was auf deinem Terrain geschieht, du bist ja so charmant. In meinem Kopf.

Erschienen im «Facts» vom 12. Juli 2001

Max Küng Linus Reichlin -minu Gion Caveley Thomas Widmer **Christoph Schuler** Katja Alves H.G. Hildebrandt Bänz Friedli Doris Knecht Richard Reich Constantin Seibt

Krieg im Ländle

Der Konflikt in Liechtenstein wurde lange nicht zur Kenntnis genommen. Wen juckte es schon, dass der Diktator, Fürst Han-Sadam II., seine Untertanen vor die öde Wahl stellte, entweder Geldwäscherin oder Schlagbohrmaschinenwart zu werden oder halt das Land zu verlassen. Erst als er die traditionell vernachlässigte Minderheit Rätoromanisch sprechender Imkerinnen, bestehend aus Frieda, der Wirtin der Samina-Bar, zu schikanieren begann, indem er sie zwang, ihren Honigversand ausschliesslich mit der Sondermarke Spice Bees in Space zu frankieren, unternahmen die Regierungen der Nachbarstaaten einen ersten Versuch, mässigend auf den Landesherren einzuwirken. Allein, es fruchtete nichts. Weitere Sondermarken erschienen, immer mit dem Konterfei des Herrscherpaares auf der Vorderseite, was das Ablecken der Wertzeichen nur noch peinlicher machte. Mehr und mehr Liechtensteiner ertranken bei Fluchtversuchen im Rhein oder brachen sich den Hals bei nächtlichen Kletterpartien am Luzisteig.

Zum Eklat kam es, als der Alpendiktator für sich das «Recht auf die erste Nacht» beanspruchte, ein lange vergessenes Privileg, das Han-Sadam II. jeweils die erste Nacht eines jeden Monats ganz allein mit der Briefmarkensammlung eines Untertanen zugestand. Daraufhin rebellierten erst die Oberländer (Hilti), dann die Malbuner (Schinken), und schliesslich beschloss der Schweizer Bundesrat, die Armee über die Grenze zu schicken, um für Ordnung zu sorgen. Ein Aufschrei ging um die Welt, es kam allerorten zu Demonstrationen für den Frieden; alle fünf Schweizer Fahnen, die im Ausland aufzutreiben waren, wurden verbrannt, die Amerikaner tauften den Schweizer Käse in «Friendly Army Knife» um, und jede liechtensteinische Bank, die auf sich hielt, nagelte sich lagenweise Althippies und Globalisierungskritiker als menschliche Schutzschilde aufs Dach.

Der Schweizer Generalstab überredete Nella Martinetti und Sepp Blatter, ihre üppigen Marschflugkörper in Richtung Vaduz in Bewegung zu setzen, aber es kamen auch intelligente Bomben zum Einsatz: So wurde Roger Köppel über dem Palast des Diktators abgeworfen. Mehr Erfolg hatten die regulären Truppen: Schnell fegten sie die monarchistische Garde hinweg, löschten die allerorts brennenden Heuhaufen und machten sich auf die Suche nach dem Despoten. Dieser aber hatte sich längst in die Samina-Bar abgesetzt, wo er heute noch Tag für Tag am Tresen hängt und sich und der Wirtin die immer gleiche Frage stellt: «Frieda? Krieg ... ich was zu trinken?»

Erschienen im «Tages-Anzeiger» vom 4. April 2003

Öl und Bier

«Häsch rächt Öl am Huet, hä?», begrüsst der selbst nicht mehr ganz nüchterne Mann mit dem blutigen Kopfverband seinen Kollegen, der an der Haltestelle Militär-/Langstrasse in den 32er stolpert. Der Stolperer – seine Gesichtszüge sind so unscharf wie ein Foto in der NZZ – hängt sich an eine der Haltestangen, schaut in die Runde und legt los: «Öl! Alles, meine Damen und Herren, dreht sich um Öl! Die Welt braucht Öl, wie ich den Schnaps! Ohne Öl keine...äh...!»
«...Salatsauce!», sekundiert Blutiger Kopfverband, der beim grossen VBZ-Wettbewerb um den schlagfertigsten Genussmittelsüchtigen in öffentlichen Verkehrsmitteln auch mittun will, doch schneidet ihm der Stolperer gleich das Wort ab: «Aber nur der Araber hat Öl. Und wenn er es uns nicht geben will, fährt dieser Bus nirgendwohin!»
Den Einwand von Blutigem Kopfverband, man befinde sich in einem Trolleybus und dieser fahre mit mindestens 40 Prozent nativem Extra-Vergine-Atomstrom, übergeht er grosszügig und bramarbasiert weiter.
«Ich kenne den Araber gut. Zwei Jahre war ich bei ihm, um ihm zu zeigen, wie man Elektrokabel so verlegt, dass den Hotelgästen nicht bei jedem Griff an die Wasserhähne die Haare zu Berge stehen. Seither weiss ich, wie der Araber denkt!»
Er macht eine Kunstpause, wohl in der Erwartung, dass ihn jemand auffordert, das arabische Denken weiter auszuführen. Aber die anderen Fahrgäste tun so, als könnten sie in den beschlagenen Scheiben die Lottozahlen lesen. Den Stolperer kümmerts nicht.
«Der Araber braucht kein Öl. Beim Araber ist das Wasser von Natur aus warm, und zum Schmieren nimmt er Bakschisch. Man kann sagen, ihm ist alles egal, solange ihm die Datteln in den Mund wachsen!»

«Dutteln im Mund! Geil! Ich melde mich freiwillig zum Wüstenkorps!» fährt Blutiger Kopfverband erregt dazwischen, was ihm einen sengenden Blick und eine fadengrade Zurechtweisung von Seiten des Stolperers einbringt: «Wüst genug wärst du ja, du Westentaschenrommel! Aber vergiss nicht, dort gibts kein Bier!»
«Hauptsache, es gibt glutäugige Scheherazaden, die einem tausend und einen blasen...» «...freien Urlaubstag bescheren», wollte Blutiger Kopfverband gerade seinen Satz vollenden, doch just in diesem Augenblick fallen blau uniformierte Männer wie Streubomben in den Bus: «Billettkontrolle!»
Und wie geölte Blitze sind die beiden Kerls verduftet.

Erschienen im «Tages-Anzeiger» vom 20. Februar 2003

Shock & Awe

Tagsüber ist der Blick von meinem Balkon nur mässig aufregend, aber jeweils abends um acht tauchen interessante Figuren auf: die Gäste des nahe gelegenen Restaurants, nennen wir es «Kabuff's», die im Hinterhof keinen Parkplatz mehr für ihr Sport Utility Vehicle fanden und es deshalb ein paar Strassen weiter stehen lassen mussten. Nun spaziert das Paar an den Jungs vor dem afrikanischen Coiffeurladen und den Alten vor der kleinen Synagoge vorbei, im Gesicht ein Lächeln, das bedeuten soll, «Hey, wir sind vielleicht ein bisschen overdressed für die Gegend, aber auch schon ziemlich in der Welt herumgekommen.»
Beim hell erleuchteten Laden an der Ecke gucken sie erst neugierig wie Touristen auf die zugezogenen Vorhänge, realisieren dann, dass das Etablissement geschlechtliche Dienstleistungen anbietet, und gehen schnell weiter, wobei der Mann immer noch einen Blick zurückwirft. Natürlich nur, weil er sich gerade überlegt, ob er die gewagte Typografie des Schildes, das die Verfügbarkeit der dort arbeitenden Asiatinnen anzeigt, seinem Artdirector als neue Titelschrift vorschlagen sollte.
Zu gerne möchten die beiden Hungrigen aus Zug oder Herrliberg oder Fällanden den voll gesprayten Fassaden und eingedellten Briefkästen etwas pariserisch Pittoreskes abgewinnen, allein, vor lauter ungewohnten Eindrücken ist die Lockerheit aus ihrem Schrittrhythmus verschwunden, schweigend und nervös wie Briten in den Vororten von Basra stolpert die Dame über den Saum ihres Abendkleides, der Herr über ein gut gefülltes Robidogsäckchen. Endlich erreichen sie das Restaurant, wo die Männer mit Autoschlüsseln derselben Marken klimpern wie sie.
Entspannt nippen sie am «Wein, der auf eleganten High Heels durch den Gaumen schwebt» (Eigenwerbung «Kabuff's»), freuen sich auf französische Wachtelbrüstli auf Spargelsalat, Avocado-Tomaten-Bruschetta mit Nüsslisalat an Weinessig-Vinaigrette und

hoffen, sie würden in zwei, drei Stunden gerade beschwipst genug sein, die paar Hundert Meter zu ihrem Auto doch etwas souveräner zurückzulegen.

Erschienen im «Tages-Anzeiger» vom 24. März 2003

Ode an Leni Riefenstahl

Reich mir den Hakenkreuzschlüssel,
giess Kraftstoff durch Freude in 'n Tank,
hitlerweise Öl auf die Achse des Bösen,
und los gehts, Himmler sei Dank!

Wir goebbeln über den Nürburgring,
mit Zyklongas durch den Windkanal,
mit Reifen aus deutschem Eichmann
und Felgen aus Riefenstahl.

Das stalingrade Asphaltband flimmert,
Ess-Esso-Männer rufen: Sieg!
Am Steuer die tausendjährige Leni,
sie fährt wie Rudolf Hess auf Speed.

Die Perücke rutscht ihr über die Augen,
Bremsen quietschen – aus der Traum!
Leni knallt ihren Triumph des Willens
mit Schuss an den nächsten Baum.

(Unveröffentlicht)

Wieder-Einspeisung

Tut man sich mit einer neuen Freundin zusammen, so bedeutet dies allerhand Veränderungen. Die Kurzwahlnummer im Handy muss gelöscht, Zahnbürsten und angebrochene Tagescrèmes wollen entsorgt werden, liegen gebliebene Unterwäsche gehört zurückgeschickt – bei einvernehmlichen Trennungen, oder aber, bei schmerzhaften Kampftrennungen, verbrannt.
Letzteres ist gar nicht so einfach, wenn man weder über einen Holzofen noch ein Cheminée verfügt. Im Wald ein Feuer zu entfachen, um darin die schlecht brennenden Textilien langsam und unter starker Rauchentwicklung verschmoren zu lassen, ist nur bedingt empfehlenswert, denn profilierungssüchtige Hündeler mit Handys rufen gern die Polizei, in der Hoffnung, sie und ihre Köter würden später in der Zeitung erwähnt, mit der Bildlegende: «Hasso vom Hogenkofel und sein Herrchen, Erich S., am Fundort der schon stark verwesten Leiche der seit einem Monat vermissten Katharina B.» Also ab in den Kehrichtsack mit den Klamotten, was zwar nicht ganz so befriedigend ist wie verbrennen, aber doch befriedigender, als die Wäsche in der vagen Hoffnung zur Textilsammlung zu geben, die Verflossene werde ihre Kleider im Dokumentarfilm über den Flohmarkt von Bukarest oder aber im nächsten Februar als schräges Kostüm an einem besoffenen Fasnächtler entdecken.
Andere Überbleibsel zu entsorgen fällt schwerer, vor allem dann, wenn sie mehr als nur ideellen Wert haben. Ist es statthaft, die auf dem Nachttisch vergessenen goldenen Bauchpiercing-Ringe der Ex einer neuen Freundin in den Nasenflügel einzusetzen? Soll man das Sepp-Vogel-Fahrrad weiter benutzen, das einem die Freundin – mit Herzchen beklebt – einst zum Geburtstag schenkte, oder lässt man es unverschlossen bei der Badi Enge stehen? Und dann liegt da neben dem Bett auch noch die Kiste mit den Sexspielzeugen – Handschellen, Vibratoren verschiedener Grössen und Längen, Butt

Plugs, Tittenklammern, Latexhandschuhe, das Übliche halt, was zur abendlichen Unterhaltung über die Jahre alles so angeschafft wurde. Die Ware hat so viel gekostet wie ein mittlerer Brillantring; daher, und weil man trotz aller Coolness und Weltläufigkeit doch eher ungern in Sexshops geht, wirft man die Dinger nicht weg. Andererseits findet es die Neue garantiert voll daneben, mit einem gebrauchten Vibrator verwöhnt zu werden, da kann man ihr lange versichern, man habe das Ding nicht nur mit neuen Batterien ausgestattet, sondern auch stundenlang ausgekocht. Haben Sie schon mal versucht, einen Weichgummi-Dildo auszukochen? Ich schon. In der Pfanne bleibt eine klebrige Masse zurück, die sich nie mehr entfernen lässt! Handschellen hingegen sind einfach: Sie brauchen bloss kurz mit Chrompflegemittel abgewischt zu werden, schon blinken sie wieder wie neu. Aber die lustigen Ledermasken mit Reissverschlüssen über Mund, Augen und Nase gehören, auch wenn es finanziell schmerzt, immer weggeworfen! Immer! Und dies weniger aus Hygienegründen als aus ganz praktischen Überlegungen: Zu gross ist die Gefahr, die neue Freundin – hinter Leder anonymisiert – mit dem Namen einer Ex anzusprechen.

(Unveröffentlicht)

Max Küng Limus Reichlin -minu Gion Cavelty Thomas Widmer Christoph Schuler **Katja Alves** H. G. Hildebrandt Bänz Friedli Doris Knecht Richard Reich Constantin Seibt

E-Mails, die man nicht schreibt

Es gibt Dinge, die sollte man tunlichst unterlassen. Zum Beispiel aus purer Langeweile «Wie gehts dir denn so?»-Mails an fast, aber fatalerweise nicht ganz vergessene Bekannte zu verschicken.
Die Antwort kommt immer prompt: «Danke der Nachfrage, man hat mir vor zwei Wochen den Job gekündigt, Fritz hat mich samt Kindern verlassen, und ich leide seit einiger Zeit unter einer unheilbaren Infektionskrankheit. Aber sonst gehts ganz gut. Wollen wir uns wieder einmal treffen?»
Nein!!!!!!!!!!!!!!!!!!! Natürlich nicht. Denn eigentlich haben wir uns nichts zu sagen, wir hatten uns auch noch nie etwas zu sagen, und ausserdem habe ich eine panische Angst vor unheilbaren Infektionskrankheiten.
Ich verfasse das Antwortmail: Freut mich zu hören, dass es dir im Allgemeinen gut geht. Habe viel zu tun. Grüsse die Kinder und natürlich Fritz, wenn du ihn wieder mal siehst.

Bauchfrei

Hätte ich drei Wünsche offen, so wünschte ich mir Frieden für die Welt, reichlich Besitztümer für alle Menschen und für mich, mit Verlaub, einen flachen Bauch!
Kein «Tessinerbrötchen». Sie wissen schon, das sind diese muskulösen Bauch-Ausstattungen, wie sie oftmals von Herren angestrebt werden. Nein, mir schwebt eine Bauchdecke in der Form eines deutschen Pumpernickels vor. Ebenmässig und flach wie die Lüneburger Heide.
So, jetzt ist es gesagt! Und glauben Sie mir, ein bisschen schäme ich mich auch für eine solche rein auf mein äusseres Erscheinungsbild fixierte Begehrlichkeit.
Früher hegte ich keine solchen Wünsche! Was jedoch nicht daran lag, dass ich mich in vergangenen Zeiten ausschliesslich auf innere Werte besonnen hätte. Nein, bis vor wenigen Jahren hegte ich ganz einfach noch die Hoffnung, irgendwann sei es mit der Bauchfrei-Mode vorbei. Doch die Tanktops im Kleiderschrank wurden, was das Kleidungsstück vom Manne unterscheidet, zu treuen Langzeitlebenspartnern. Für Modetrends, die schätzungsweise für neunzig Prozent aller Frauen unvorteilhaft sind, gibt es offensichtlich kein Verfalldatum.
Anders verhält es sich mit Kleidern, in denen uns wohl ist.
Vor ein paar Jahren waren geblumte Hängekleider ein modisches «Muss». Freudig legte ich mir einen derart beachtlichen Vorrat an, dass ich problemlos ein ganzes Mädchen-Internat hätte einkleiden können. Doch es war mir nur einen Sommer lang vergönnt, meinen Bauchspeck zu verschleiern. Und heute kann ich mit den geblumten Stoffen meinen Garderobespiegel polieren. Und wozu? Um darin zu erkennen, dass sich der Unterschied zwischen mir und Kate Moss nicht unbedingt bloss auf die unterschiedlichen Haarfarben beschränkt! Im Gegensatz zu mir trägt sie bauchfrei! Bei jeder Gelegenheit. Genau wie Madonna, Shakira und all die

andern, die ich nicht zu meinen Schwestern zählen kann. Ganz allmählich hege ich den Verdacht, dass kurze Tops bei Karrierebeginn eine wichtige Rolle spielen. Sicher gibt es ein Auswahlverfahren, in dem vorgeschrieben wird, dass zukünftige Stars in der Lage sein müssen, bauchfrei zu tragen. Ansonsten geht die Karriere flöten. Und was bei den Showstars gang und gäbe ist, wird sich womöglich auch auf unser Leben übertragen. Ich zittere vor dem Tag, an dem es heisst: Frau Alves, Ihr Text ist nicht übel, aber können Sie den auch bauchfrei schreiben?
Meine Freundin Anna sagt, ich übertreibe und alles sei gar nicht so schlimm. Ich müsse nur ein wenig schwimmen, dann ergebe sich der flache Bauch wie von selbst. Das sagt sich einfach. Beim Ausmass meines Problems müsste ich den Atlantik überqueren, um ein positives Resultat hinzukriegen.
Eine Alternative wäre ins Fitness-Zentrum gehen. Dreimal die Woche wären nötig, hat der Folterknecht beim Probetraining verkündet. Tolle Idee! Und meine Tochter? Lasse ich die dann vom Kinderhütedienst grossziehen?
Da konzentriere ich mich doch wohl lieber aufs Wünschen.
Friede für die Welt, einen flachen Bauch für mich und was war das Dritte? Da fällt mir ein, ich hätte noch dieses klitzekleine Problem mit den nicht mehr ganz straffen Oberarmen. Sie wissen schon, wegen der ärmellosen kurzen Tops!

Ferien in der Heimat

Um das letzte Stück des Aufzuges Santa Justa in Lissabon zu erklimmen, muss man eine Treppe hochsteigen.
Der Aufzug fährt nicht mehr ganz hinauf. Und man kann auch nicht mehr, wie einst, über eine Brücke zur Altstadt gelangen.

«Joaquiiiimmmmm...»
Joaquim will nicht auf die Plattform!
Angsterfüllt steht er vor den Treppenstufen, die ihn zum letzten Ausflugs-Ziel dieses Tages führen würden: Zur Aussichtsplattform des Aufzuges «Santa Justa» inmitten der Altstadt von Lissabon. Seine Frau eine stämmige Lusitanerin Anfang fünfzig, ist bereits oben angekommen:
«Joaquiiiiiim, Joaquiiiimmmm!», brüllt sie ohne Unterlass.
Joaquim leidet unter Höhenangst. Schweissgebadet krallt er sich an die Jugendstilverstrebungen des Geländers.
Unter seinem Hemd lächelt, in krauses Brusthaar eingebettet, das verklärte Antlitz der Heiligen Mutter von Fatima. Joaquim schwitzt. Die Julisonne brennt heiss. «Herr im Himmel!», seufzt Joaquim und guckt etwas vage in alle vier Himmelsrichtungen. Mit seiner rechten Hand greift er zitternd nach dem Fatima-Amulett. Mit der linken umklammert er das Geländer. Hoffnungsvoll späht er zur Traverse. Doch die heilige Mutter fühlt sich offenbar durch den Hilferuf, der nicht ihr, sondern dem rechtmässigen Vater ihres Sohnes gilt, nicht angesprochen und zeigt keinerlei Absicht, zu Gunsten von Joaquim ein erlösendes Wunder wirken zu lassen. Der Ausgang ist zugesperrt und Joaquims nächst gelegener Fluchtweg verbaut. «Joaquimmmm!!», ruft seine Frau erneut von der Plattform: «Hier oben kann man essen.» Joaquim weiss sehr wohl, dass man Nahrung auch auf Meereshöhe zu sich nehmen kann, und macht noch immer keine Anstalten, das letzte Stückchen Treppe zu erklimmen.

«Joaquim! Soll ich dir ein Bier bestellen?» Auf Joaquims Gesicht macht sich Verzweiflung breit. Er nimmt einen Anlauf und stellt seinen linken Fuss vorsichtig auf die erste Stufe. Doch dann überlegt er es sich anders, dreht sich um und setzt sich ächzend auf den Treppenabsatz.

Würde Joaquim zum portugiesischen Personal eines Wim-Wenders-Filmes gehören, hätte er in diesem Moment die unheilvolle Mission, frisch von der Leber weg ein paar Sätze aus dem Werk des portugiesischen Schriftstellers Fernando Pessoa zu rezitieren.

Ich verkneife mir an dieser Stelle einen solchen Firlefanz und na ja, lasse Joaquim dafür ein paar Sätze von Eça de Queiroz zitieren: Diese lauteten: «Ich fühle, dass ich sterbe. Mein Testament ist gemacht. In ihm vermache ich meine Millionen dem Teufel.»

«Ich kann das Haus von Dona Augusta sehen», schreit es jetzt erneut von oben.

«Dona Augusta wurde im letzten Jahr überfahren», entgegnet Joaquim kraftlos. Und traurig fügt er an: «...ich glaube, von einem Ochsenkarren.» «Was sagst du?» Joaquims Frau hat ihn nicht verstanden.

Eine ältere Dame ganz in Schwarz hingegen schon. Mitfühlend tätschelt sie Joaquim die Hand. «Mein Mann wurde auch überfahren», meint sie tröstend. Und ein wenig stolz fügt sie an: «Von einem BMW-Cabriolet.»

Zwei deutsche Männer bleiben stehen und gucken sich um. Der eine liest laut aus seinem Polyglott Reiseführer vor: «Der Typ des lusitanischen Portugiesen, des reinrassigen, wenn man so will, ist gekennzeichnet durch einen kräftigen bis derben Körperbau.»

Jetzt blicken die beiden forschend zu Joaquim.

«Joaquim, du musst zahlen!», jammert Joaquims Frau.

Eine blond gebleichte Italienerin marschiert mit ausladendem Hüftschwung die Treppe hoch. Ihre Gucci-Brille hat sie vor einer halben Stunde im oberen Altstadtquartier der Eisenplastik von Fernando Pessoa aufgesetzt, und dort klemmt die Brille noch immer. Nun, da sie den Verlust bemerkt hat, greift sie nervös an

die guccibrillenlose Stelle an ihrem Kopf.
Joaquim holt tief Luft. Dann fasst er sich ein Herz. Mit schlotternden Knien wankt er hinter der Gebleichten her. Oben angekommen, setzt er sich sogleich auf den freien Stuhl neben seiner Frau. Ihm ist übel. Die junge Kellnerin kommt, um das Geld einzuziehen, und lächelt ihn dabei an.
«Du bist unmöglich!», zischt Joaquims Frau, und zur Kellnerin meint sie: «Er hat Prostata!» Joaquim zuckt zusammen.
Seine Frau steht ächzend auf. Entschlossen stapft sie zur Treppe. «Pois Pois! (Tja Tia)...» Joaquim schüttelt nachdenklich den Kopf. Dann marschiert er rasch auf die Stufen zu. Einen Moment lang bleibt er stehen. Mit der linken Hand hält er sich am Geländer fest und mit der rechten, nein, mit der rechten hält er diesmal nicht sein Amulett. Joaquim lächelt zum ersten Mal, an diesem seinem ersten Ferientag. Tags darauf steht in der Zeitung geschrieben: Eine zweiundfünfzigjährige Frau fiel gestern Nachmittag um vier die oberste Treppe des Aufzuges Santa Justa hinunter und verunfallte dabei tödlich.

Max Küng Linus Reichlin -minu Gion Cavelty Thomas Widmer Christoph Schuler Katja Alves **H. G. Hildebrandt** Bänz Friedli Doris Knecht Richard Reich Constantin Seibt

Freche Frauen

«Also wenn du nicht weißt, was der Unterschied ist zwischen Sex und Liebe machen, dann weißt du gar nichts von der Welt.» «Ah?» «Aber sicher!» «Was ist denn der Unterschied?» «...hmmm».
Ich war unterwegs ins Bündnerland und stand in der alkoholgeschwängerten Luft eines abendlichen Speisewagens nach Chur. Zwei SBB-Mitarbeiter aus dem unteren Kader verbrachten ihren anstrengenden Feierabend mit der oben skizzierten Diskussion.
Hinter der Bar arbeitete eine ältere Frau mit violetter Uniformbluse und einem ähnlich missglückten Ton in den Haaren. «Wissen Sies?», fragte ich sie. «Hirn ist aus, jetzt gibts Taschen, sagte der Liebe Gott, als er die Männer erschaffen hatte», antwortete die Bedienung.
«Im Originalwitz hiess das Titten!» sagte ich. Aber sie hatte schon irgendwie Recht. Wieder zu Hause in Zürich, begab ich mich auf eine weit greifende Recherchetour. Meine These: Der Unterschied zwischen Sex und Liebemachen liegt wohl darin, dass Frauen beim Sex ihre Taschen anbehalten. Und zwar vorzugsweise Taschen mit diesen kurzen Trägern, an denen der als modisches Accessoire und Statussymbol getarnte Beischlafutensilienbehälter unter der Achsel baumelt. Die Tasche zwischen Oberkörper und Arm geklemmt, dient sie im nicht sexuellen Kontext dazu, als eine Art atomsicheres Nahkampf-Baguette oder jovialer gesagt Distanzdildo übereifrige Männer von Zudringlichkeiten abzuhalten.
Entgegen der verbreiteten Meinung funktioniert das nicht nur gegen hinten an Vernissagenbars, sondern überall, wo Frauen in mehr als Paaren vorkommen. Es wurde auch schon beobachtet, dass Frauen die Taschen gegeneinander einsetzen.
Wichtig ist beim Sex mit Tasche, dass im darin – in der Tasche – enthaltenen Handy ein lustiger Klingelton programmiert ist, der immer losgeht, wenn man versucht, die Tasche zu entfernen, bevor man zum Liebemachen übergeht. Was man ja ohnehin nur ver-

sucht, weil man den von Weiberheftchenlektüre im Wartezimmer beim Ohrenarzt übersteigerten Glauben hegt, die Frauen stünden auf so was.
Die lustigen Klingeltöne basieren in der Regel auf Stücken von Roxette und Ace of Base, die von beliebten Trance-DJs geremixt wurden und auf Viva in der Sendung «McMusic» gewünscht werden können.
Man muss das Telefon mit dem Trance-Klingelton durch das Leder oder das Gewebe der Tasche hindurch gut hören können. Es ist ein Erkennungszeichen von Frauen, die zwischen Sex und Liebemachen unterscheiden können, dass sie mitten auf der Strasse ihre Taschen ans Ohr halten, um versonnen mit dem Kopf nickend daran zu lauschen.
«Mit solchen Klingeltönen signalisieren Frauen, dass sie sowohl Ironie als auch Souveränität besitzen», sagt dazu Germanistikprofessorin Elisabeth Semmlbäck von der Universität Stillhagen-Grossenwerder. «Sie wissen doch, im Einkaufskörbchen hat man nichts als Light-Butter, Knäckebrot sowie Sheba mit Thaireis. Aber beim Apéro tut man, als legte man jeden Abend den Cocilight-Mann flach, und zwar inklusive Fesselung mit rosa beplüschten Handschellen.»
Bestätigung für Semmlbäcks Äusserung findet, wer einen Blick in das Regal «Freche Frauen» wagt, das gleich in beiden Zürcher Buchhandlungen von Orell Füssli eingerichtet wurde, um interessierten Frauen die Unterscheidung zwischen Sex und Liebemachen näher zu bringen.
«Hier mussten wir natürlich die Vorlieben der Zielgruppe berücksichtigen», führt David Wieselinnenpelz aus, als Marketingleiter zuständig für Accessability, Restplaces und Visitors-Guidance in den sexy Büchershops. Übergrosse Wegweiser in Form von Manolo-Blahnik-Schuhen zeigen zum Regal, in dem die Bücher zu finden sind, nach denen moderne Frauen leben. Italienische Designmöbel laden zum zurückgelehnten Blättern in Büchern wie «Böser-Mädchen-Report Teil 9» oder «Bist du schon drin?».

«Die Freche-Frauen-Regale im Rahmen eines Re-Namings in ‹Orell Fützli› umzutaufen, wurde allerdings vom Verwaltungsrat abgeblockt», schmunzelt der smarte Endzwanziger. «Das schreiben Sie aber lieber nicht in Ihren Artikel rein, sonst setze ich Ihnen eine Botox-Spritze in die Halsschlagader.»

Tatsächlich finden in der gestylten Freche-Frauen-Lounge bei Orell Füssli regelmässig Botox-Partys statt, an denen die gesichtslähmende Wirkung von Blätterteigpilzgift mit der von Simone Meiers Artikeln im Kulturteil des «Tages-Anzeigers» verglichen wird. Die Teilnehmerinnen können per SMS für ihre Favoriten «voten», und es wird Publikumsgejohle ab Band eingespielt. Dies als Abwechslung zu «Not that kind of girl» von Anastacia und «Strong Enough» von Cher und «I will survive» in einer neuen Version von Daniel Küblböck.

Marketingmann David Wieselinnenpelz hat noch weitere Pfeile in seinem Marketingköcher: «Am kommenden Samstag ist Event-Höhepunkt der Frühlingspromo, wenn bei uns die erste mobile Fettabsaugstation der Schweiz vorfährt. Melanie Winiger wird unter den Augen eines hoffentlich zahlreichen Publikums versuchen, zwölf übergewichtigen Davoser Kindern eine menschenwürdige Zukunft zu ermöglichen. Das Fett wird in der Schönheitsklinik Tiefenbrunnen umweltschonend als Lippenfüllung weiterverwendet. Die Promo hat den lustigen Titel «Melanie macht dich weniger!»

Der Unterschied zwischen Sex und Liebemachen ist natürlich der, dass man beim Liebemachen auch dick sein darf, denn Dicke sind ja eben beleibt, was schon vom Sound her ziemlich nah bei beliebt ist.

Darüber mehr demnächst in meinem Buch «Freche Frau ganz dick», mit einem grosszügig ausgelegten Serviceteil und dekorativem Einband in Glimmer-Optik.

Erschienen in «Massiv: The Woman», März 2003

Wahre Freunde

Unglücklicherweise denke ich beim Stichwort «Freunde» zuerst an Schürzenjäger. Nicht etwa, weil Schürzen jagen in einem eher frühen Lebensabschnitt Hauptbeschäftigung wäre, da man besonders viel mit Freunden und besonders wenig mit Schürzen zu tun hat. Sondern, weil ich kürzlich die Schürzenjäger im Fernsehen sah. Die Band.
«I glaub an den Spruch, dass Totgesagte länger leben», fing ein Song an, «drum will i bis zum letzten Atemzug immer alles geben», und ich gerate bei der Suche nach der Fortsetzung des Songs im Internet an eine Band, die heisst Schauorchester Ungelenk.
Genauso ungelenk verläuft die Rückkehr zum Themenfaden, der da hiess «Freunde». Ich hatte ein eigenartiges Gefühl beim Anschauen des Schürzenjägerauftritts. Die Band gibt es offenbar seit dreissig Jahren. Sie verbreiten bei ihren Auftritten etwas eminent Professionelles; es ist kaum auszuhalten. Sie musiken, als würden sie Mauern hochziehen oder Heizungsrohre verlegen wie Bob de Boumaa.
Dabei zeigen sie einen Ausdruck von verschworener Freundschaft. Verschworenheit dürfte auch gefragt sein, angesichts der dünner gewordenen, immer noch langen Haare, die im ungestümen Windmaschinenwind der Fernsehbühne stramm rechtwinklig von den Schürzenjägerköpfen abstehen. «Wer deine wahren Freunde sind», heisst dementsprechend ein Song auf dem Album «Treff ma uns in da Mitt'n».
Es muss gesagt werden, dass die Schürzenjäger sich in diesen dreissig Jahren entwickelt haben. Vor etwas über zwölf Jahren nannten sie sich noch Zillertaler Schürzenjäger und sangen Lieder mit Titeln wie «Teure Heimat» oder «Super Highway Crew». Dazu trugen sie rote, kurze Strampelhosen mit breiten Trägern und Stickereien drauf. Damals verschwurbelte ich den Namen der Band immer mit dem der Kastelruther Spatzen (neustes Album:

«Liebe darf alles») zu «Zillertaler Spatzenjäger», was einen guten Text für die Scherzkanone hergab, mit der man auf Geflügelfreunde schiesst.

«Freundschaften haben im Vergleich zu Familien einen entscheidenden Nachteil», sagt dazu eine deutsche Familienwissenschafterin im Magazin der «Süddeutschen Zeitung», und damit legt sie den salzigen Finger auf eine Wunde, die noch des Leckens bedarf. Sie sagt weiter: «Grosse Geldsummen werden eher zwischen Familienmitgliedern verschenkt und vererbt als zwischen Freunden.» Ein Freund ist also zu gar nichts nutze, sein Haus kriegen seine Kinder, wenn er stirbt! Die Familienwissenschafterin bezieht sich natürlich auf eine Studie, und dazu ist mir kürzlich in der «Schweizer Illustrierten» ein Satz aufgefallen: «Zu Power Plate und Osteoporose läuft gerade eine Langzeitstudie», stand im Text über einen unsichtbaren Sport auf strombetriebenen Schüttelplatten zu lesen, und das werde ich demnächst mal jemandem sagen, bei dem ich einen kleinen Osteoporoseverdacht hege – bislang natürlich ohne das an die grosse Glocke zu hängen und ganz im Sinne freundschaftlicher Besorgtheit! Denn Besorgtheit ist doch das Kennzeichen aller Freundschaft.

Entlang der Grenze zwischen Besorgtheit und Beleidigung verläuft die Grenze zwischen Bekannten und Freunden, wobei diese Grenze mit dem Begriff des Kollegen ein schludrig aufgeräumtes Dreiländereck der Begriffe bildet, in dem höchstens einmal jährlich die Schürzenjäger zum Openair-Konzert bitten. Ein Kollege wird sich kaum je zur Farbgebung meiner Augenringe äussern, da er mir nur im Arbeitsleben zu begegnen hat, und ein Bekannter wird einfach sagen: «Mensch, siehst du scheisse aus», während der Freund sagen wird: «Mensch, siehst du scheisse aus», man aber mit dem Freund darüber reden kann, weshalb man scheisse aussieht: Osteoporose, Eheprobleme, Lymphdrainage fehlgeschlagen, am Morgen vergessen, die «Bob de Boumaa»-Finken auszuziehen, bevor man ins Büro ging.

«Bob de Boumaa» ist eine Trickfilmfigur, die jede Menge Freunde hat, und sie haben lustige Namen. In der Schweizer Ausgabe, zu sehen jeweils als Guetnachtgeschichtli, heisst der sprechende Zementmixer wegen seiner gesunden Gesichtsfarbe Orängschli und redet Ostschweizer Dialekt. Man kann das Original davon in jedem Coop-Baucenter kaufen, für etwas unter 500 Franken, mit 220-Volt-Anschluss.

Ja, lieber ist mir so ein Freund als einer wie der bekannte Zürcher Florian Raubkunst (Name geändert), der längst nach Ablauf seiner verlängerten Jugend (Jahrgang: 1965) immer noch wie ein Jugendlicher herumläuft, und hätten seine zahllosen Bekannten und Kurzzeitfreunde (wie ich mal einer war, für einige Stunden, unter Einfluss diverser, zumeist verbotener Substanzen) den Verdacht, er wäre ein Berufsjugendlicher mit Pornodarstellerschnauz, wüssten sie nicht, dass er keinen eigentlichen Beruf hat.

Im Biergarten, den Florian Raubkunst auch gerne aufsucht, zitierte ich kürzlich einen Satz aus «Sex and the City», worauf der dabeisitzende Florian sagte: «Was, du guckst ‹Sex and the City›, das ist grausam, am Dienstagabend, wenn das am Fernsehen gelaufen ist, kann man immer erst um ein Uhr nachts in den Ausgang, weil die Weiber alle nur darüber reden und voll spinnen!»

Wozu ich für mich notierte, dass ich nicht nur aus diesem Grund eher dabei erwischt werden möchte, einen Smart in sportlichem Fahrstil durch Göschenen zu steuern, als am Dienstagabend nach ein Uhr mit irgendwem zu reden, der seinen Geist zuvor mit «Sex and the City» kontaminiert hat. Ich möchte übrigens auch keine von den Personen sein, die beim leider überhaupt nicht verpönten Absingen von «Happy Birthday» auf der Schlusszeile immer ganz plötzlich in die zweite Stimme abrutschen und glauben, sich derart einen Anstrich von Musikalität geben zu können. Und ich möchte keine solche Personen in meinem Freundeskreis haben!

Wenn ich nächstes Mal einen Freund brauche, pilgere ich ins Coop-Baucenter und kaufe mir dort einen persönlichen Orängschli. Dann brauche ich keine Freunde mehr, die ich in schlechten Momenten dabei ertappe, mit ihrem Powerplate-Gesicht – ein

Gesichtsausdruck, mit dem man höchstens Worte sagen kann wie «Leistung abrufen» oder «geile Siech» – in einem In-Biergarten zu sitzen; ich kann mir dann meine Gefühle selbst mischen. Oder zur Not auch mal einen richtig grossen Frozen Daiquiri, und dabei eine selbst gejagte Schürzenjägerschürze tragen.

Erschienen in «Massiv: Freunde», November 2003

Max Küng Linus Reichlin -minu- Gion Caveltiy Thomas Widmer Christoph Schuler Katja Alves H. G. Hildebrandt **Bänz Friedli** Doris Knecht Richard Reich Constantin Seibt

BMW vs. SBB

Ob die Schmerzgrenze erreicht sei, will die Frau von der Konsumentenzeitschrift von mir als ÖV-Kolumnisten wissen. «Neu muss man fürs Retourbillet Zürich–Bern ohne Halbtax in der 2. Klasse saftige 77 Franken hinblättern», sagt sie. «Für Gelegenheitsfahrer ohne Abo wird Bahn fahren extrem teuer.»
Schmerzgrenze? Die Frau macht Witze! Wer kein Halbpreis-Abo hat, ist selber schuld. Und der Gelegenheitspendler, das ist doch der Tubel, den wir aus Pendlerregel 81 kennen: Er benutzt die Bahn nur, wenn er vom ersten Schnee überrascht wurde oder sein BMW gerade im Service ist, wettert von Zürich bis Bern über defekte WCs und sauteure Preise. Und schwört sich, nie mehr den Zug zu nehmen.
Okay, soll er sich im Stau die Nägel abkauen und «billig» reisen. Zürich–Bern–Zürich mit dem Auto: 274 Kilometer à 60 Rappen, sind schon mal 164.40. Aber da müssten wir noch Kauf, Unterhalt und Entsorgung des Wagens rechnen, von Strassenbau und Umweltschäden ganz zu schweigen. Aber die bezahlt ja die öffentliche Hand. Nicht vergessen dürfen wir jedoch, dass unser Manager, während er im Intercity den Laptop einstecken und telefonieren könnte, auf der A 1 Zeit verliert. Sein Stundenansatz beträgt 400 Franken, macht nochmals 1200. Und das defekte WC im Zug? 17 Meter weiter vorn hats ein intaktes. Zwischen Kölliken und Deitingen dagegen muss er 45 Kilometer mit Brünzeln warten. Und verliert schon wieder 10 Minuten à 66.60 Franken. Muss er auf dem Heimweg nochmal, kostet ihn die Fahrt 1497.60 Franken.
Aber ehrlich gesagt bin ich froh, muss ich mein Zugabteil nicht mit dem Typen teilen.

Erschienen im «20 Minuten» vom 7. März 2002

Das Rambo-Tram

Pendlerregel Nummer 120: Die besten Ideen kommen einem beim Tramfahren. Kurz vor dem Römerhof gibt der graugesichtige Griesgram vor, nicht vorbeizukommen, stolpert absichtlich über meine Tasche und beginnt zu wäffeln. Ich frage ruhig, weshalb er denn Streit suche. Erkläre, dass ich quer sitze, weil vis-à-vis eine Schwangere mit zwei Einkaufstaschen viel Platz beansprucht. Da beschimpft er mich auch schon, will handgreiflich werden. Immer dasselbe, ich kenne den Lieblingssport meiner Kampfsenioren: Sie streifen, mit Vorliebe zur Stosszeit, durch Trams und Busse, immer auf Kollisionskurs, stets bemüht, über Gepäckstücke und Rollbretter zu stolpern, damit sie unflätig zetern können. Und der Clou: Sie reden dann immer von fehlendem Anstand.

Ich vermute, wie dem Greis zu Mute ist. Er langweilt sich und sucht den Kick. Er fühlt sich der rasanten Welt immer weniger zugehörig, ist überfordert, verbittert. Und da wagen es junge Leute im Tram noch, fröhlich zu sein! Jetzt tut mir der Kerl schon fast Leid. Bis mir einfällt, was ich unlängst im «Klub» auf SF 1 hörte: «Im Tram denke ich oft: Es gibt böse Alte, die mit den Jungen schon schimpfen, wenn die nur ein bisschen laut sind.» Helmut Hubacher sagte das, und der ist immerhin 77.

Ich habs! Analog dem Familienwagen der SBB, wo Kinder sich auf Globi-Rutschbahn und Kletter-Dino austoben, brauchen die VBZ ein Tram, in dem Rambo-Rentner Dampf ablassen können. Gummiwände, Sandsäcke, Zutritt nur mit Senioren-Abo. Und statt zum Schulhausputzen oder Kartoffeln schälen verdonnert das Jugendgericht ein paar Halbwüchsige, die beim Sprayen erwischt wurden, zur Fahrt im Oldies-Tram. Damit die Alten sich echt abreagieren können.

Erschienen im «20 Minuten» vom 27. Februar 2003

Bitte melde dich!

Pendlerregel Nummer 115: Fass dir ein Herz, wenn du deins verschenken willst.
Zugegeben, wenn man drei Minuten nach halb acht in der Früh unausgeschlafen und zitternd vor Kälte im Nieselregen auf einem Bahnsteig steht, ist einem nicht gerade nach Verlieben zumute. Ein Unort zur Unzeit voller Unmenschen. Einer raucht, vier lesen Zeitung, zwei telefonieren, drei tippen SMS, jeder ist allein. Ungeräusche erklingen, es rattert, rasselt, rauscht. Gar nicht hinhören, gar nicht erst hinsehen, Vorstadtbahnhöfe sind ohnehin überall auf der Welt gleich, schummrig, müffelnd, schmutzig. Hastig gekritzelte Tags, protzige Graffiti, zerborstene Bierflaschen, Hundepisse. Mit Kaugummiresten verklebt die Beton-Pflästerung; blätternd der Verputz; vergilbt die Reklameplakate, die von einem sorglosen Leben künden, das es nicht gibt.
Halt!, die Frau mit dem Wuschelkopf dort drüben in den hoch geschnürten Stiefeln sieht jener auf dem Plakat ähnlich. Und der junge Mann neben mir stiert sie an, dass es schon fast unanständig ist. Zieht sie förmlich aus mit seinen Blicken. Und es gibt viel auszuziehen Ende November, wenn die Menschen mit Daunenjacken, Handschuhen und Schals verhüllt sind.
Aber als sie endlich hinsieht, blickt er weg. Der Depp! Getraut sich nicht sie anzusprechen. Morgen wird er eine Annonce aufgeben: «Daunenjacke, roter Schal, Wuschelkopf, 7.34 Uhr, Perron 3, unsere Blicke trafen sich kurz, du hast gelächelt, du gehst mir nicht aus dem Sinn, bitte melde dich!»
Pech für ihn. Er gibt sein Kleininserat beim «ZürichExpress» auf – sie liest nur «20 Minuten».

Erschienen im «20 Minuten» vom 28. November 2002

Herbstmärt im Wahlherbst

Herbstmärt in Schlieren! Die Kinder wollen hin. Und mir schwant schon das Ballon-Dilemma: Die Kids wollen einen, und ich schäme mich dann für die Aufschrift. Zunächst geht alles gut. Trödler bieten Tand feil, es gibt gebrauchte Bücher, die keiner braucht, Guetzli von der Trachtengruppe, Kuchen vom Frauenchor, Zöpfli von der Gymnastikgruppe Satus. Und Thai-Pancake. Vereinigung für Heimatkunde, Evangelische Täufergemeinde und Elternverein werben vergeblich um Mitglieder, und die Grosis von der Handarbeitsgruppe Pro Senectute können gar nicht ahnen, wie trendy die bunt gekringelten Socken sind, die sie gestrickt haben.

Aber dann: Ballone! Bei der zähnebürstenden CVP bleibe ich hart. Das Rote Kreuz umschiffen wir. Weiter vorn werben die Secondos für den selbst ernannten «Neger» Katumba, nur vermute ich, seit ich ihn am TV habe faseln hören, dass die Hautfarbe allein noch keinen guten Kandidaten macht. Zerre die Kids weiter. Die SP verteilt ihnen Gummiherzen. Als hätten die heut nicht schon genug geschleckt.

Da! Ein Ballon, der fürs Kafi Zebra wirbt, den Familientreff. Das ist unverfänglich, den nehmen wir. Aber meine Tochter guckt den langweilig weissen Ballon nicht mit dem Füdli an. Sie ist schon am nächsten Stand: wo die Schweizerische Volkspartei am währschaften Holztisch Cüpli mit heimatlichem Apfelschaumwein ausschenkt. Und ehe ich michs versehe, hat jemand meiner Kleinen auch schon einen Ballon mit grasgrünem SVP-Logo ans Handgelenk gezurrt. Himmel, was nun? Dem Buben rasch einen von der SP besorgen. Macht mich zwar nicht happy, wirkt aber immerhin ausgleichend.

Der SVP-Ballon platzt übrigens schon auf dem Heimweg. Da war irgendwie zu viel warme Luft drin.

Erschienen im «20 Minuten» vom 18. September 2003

Todesstreifen Zebrastreifen

Pendlerregel Nummer 131: Sobald du im Zug sitzt, bist du in Sicherheit. Aber der Weg dorthin ist ein heisser Lauf. Absurd, als ÖV-Pendler ist man dem Privatverkehr in seiner ganzen Gefährlichkeit ausgeliefert. Ich zum Beispiel muss auf dem Weg zum Bahnhof die Engstringer-, die Bern- und die Wiesenstrasse überqueren. Und an die Regel, wonach Fussgänger am Zebrastreifen Vortritt geniessen, hält sich in Schlieren von zehn Autolenkern vielleicht einer; selbst eine Ampel, die für Fussgänger auf Grün steht, garantiert noch kein ungefährdetes Queren der Strasse.

Aufgepasst! Denn die Automobilisten passen garantiert nicht auf. Sie hantieren am Rückspiegel, tratschen am Handy, schräubeln am Radio rum, dösen. Ich habe das Risiko statistisch erfasst. Und weil man sich ja nicht dem Vorwurf aussetzen will, aus dem hohlen Bauch gegen die Angehörigen anderer Kantone und Ethnien daherzuplappern, erstreckte sich meine empirische Erhebung über Monate. Sie genügt sozusagen wissenschaftlichen Standards. Resultat, es gibt sechs Alarm-Punkte: BMW. Aargauer Kennzeichen. Hirnloser Umpa-Umpa-Techno aus überlauten Boxen. Der Lenker ist a) jugendlich, stammt b) aus dem Balkan und ist c) alkoholisiert. Sind alle sechs Punkte erfüllt, besteht akute Lebensgefahr. Da musst du die Situation als Fussgänger blitzschnell einschätzen.

Bin ich dann um Haaresbreite einem Raser entgangen, fällt mir immer wieder der Sticker aus den Achtzigerjahren ein, den ein paar dissidente SPler in Bern in Anlehnung an den damaligen SBB-Slogan «Für Güter die Bahn» entwarfen: «Für Güter die Bahn – für Schlächter das Auto.»

Erschienen im «20 Minuten» vom 21. August 2003

;-) im Frühtau

Pendlerregel Nummer 124: ÖV-Pendler habens lustiger als Autopendler. Am Autoradio, stelle ich mir schaudernd vor, hätte ich zu dieser frühen Stunde die Wahl zwischen DRS3-Epiney mit seinem überdrehten Betty-Bossi-Charme und dem platten Radio-24-Karasek, zwischen Rahmbläser und Schaumschläger, sozusagen. Steife Comedy, dazu «A Good Heart» von Feargal Sharkey und andere angebliche Megahits aus den Achtzigerjahren, die schon damals mehr Shit als Hit waren.

Auf dem Weg zur S-Bahn quasselt mir keiner die Birne voll. Und ich kann erst noch echt schmunzeln. «Sebi du mis geburt!», hat in der Bahnhof-Unterführung einer auf ein Drogerie-Plakat gekritzelt, das für Kräutershampoo wirbt, und irgendwie erheitert mich der blöde Spruch jeden Morgen. Ich male mir aus, wer wohl dieser Sebi sei und wer der kritzelnde Fiesling. Kurz vor dem HB dann das Graffito von einem, der sich «Twincut for real» nennt: «ZH Burns!», hat er gesprayt, und ich staune, wie leichthändig er auf die Jugendunruhen von einst anspielt. Wo er doch, als Zürich brannte, sicher noch nicht mal auf der Welt war.

Das kulturpessimistische Stänkern über die heutige Jugend verstehe ich sowieso nicht. Sie läse nur Schund wie «20 Minuten», nölen die Alten. Na und? Immerhin liest sie! Sie tippe nur idiotische SMS. Geil, die Kids kommunizieren! Und wenn ich gut aufgelegt bin wie heute, gewinne ich selbst den Schmierereien in der Schlieremer Unterführung (die noch düsterer ist, seit vor drei Wochen das Neonlicht ausfiel) Positives ab. Sebi hat dem, der ihn als Missgeburt bezeichnete, nämlich schlagfertig souverän zurückgekritzelt: «Lern dütsch!»

Erschienen im «20 Minuten» vom 12. Juni 2003

Max Küng Linus Reichlin -minu Gion Cavelty Thomas Widmer Christoph Schuler Katja Alves H.G. Hildebrandt Bänz Friedli Doris Knecht Richard Reich Constantin Seibt

FAX für H.G.

von T.R.
(Tex Rubinowitz)

schöne Grüße
T.R.

Max Küng Linus Reichlin -minu- Gion Caveliy Thomas Widmer Christoph Schuler Katja Alves H.G. Hildebrandt Bänz Friedli **Doris Knecht** Richard Reich Constantin Seibt

So lebe ich

Das ist nicht meine Woche. Zuerst vergeige ich das Interview mit Blumfeld, was umso schlimmer ist, als ich Blumfeld für eine grossartige Band halte, ihr älteres Album «L'Etat et Moi» für ein Meisterwerk, ihr neues «Testament der Angst» für phänomenologisch hochaktuell und Jochen Distelmeyer für einen Wunderknaben, aber es ist einfach zwecklos, weil ich mit Distelmeyer über etwas reden will, über das Distelmeyer nicht reden will, jedenfalls nicht mit mir, was ich sogar verstehe, aber einen Plan B habe ich nicht, bravo. Und Andre Rattay, der Drummer, bemüht sich von Herzen und ohne den geringsten Erfolg, die verfahrene Situation noch zu retten...aber ach.

Am Abend erklärt mir Franz, Zürich sei zweifellos eine der internationalsten und multikulturellsten Städte Europas, das sehe man daran, dass so viele Schweizer mit Thailänderinnen verheiratet seien. Himmel. Natürlich gerate ich beim Formulieren meiner zwei, drei Einwände etwas in Wallung und muss mich mit bisschen Bordeaux und bisschen Grappa beruhigen. Und rutsche beim Heimradeln in die Tramschienen, kippe samt Velo um und krache in einen dieser verdammten Zürisäcke. Gopf! Es hängen ja hier überall diese gelben Transparente «Willkommen in Zürich» rum, eine gefährliche Drohung, wenn man die Massregelungen auf den zugehörigen Plakaten kennt. Dass man nach 20 Uhr auf der Strasse bloss nicht lacht! Dass man ja kein Kaugummipapierli fallen lässt!

Und dann ist diese ach so proppere Stadt zweimal die Woche komplett zugemüllt. Dieses Abfallsystem in Zürich ist sowas von idiotisch. Es führt zum Beispiel dazu, dass ich zum ersten Mal seit den Siebzigerjahren wieder heimlich Glasflaschen und Papier in den Müllsack stopfe. Weil, hier ist der nächste Glascontainer immer mindestens zwei Kilometer entfernt. Und diese Altpapierbündelei! Ja, hab ich denn nichts Besseres zu tun, als alte Zeitungen Kante auf Kante zu verschnüren? Hab ich schon. Und meine Ex-Nachbarn auch, das wurde klar, als ich meine alte Wohnung an die Hausverwaltung übergab und feststellte, dass irgendwelche Trottel mein unbenutztes Kellerabteil in eine Papiermüllhalde umgewidmet haben, und jetzt kann ich 200 Stutz für die Kellerräumung ablaichen, danke, Ex-Nachbarn.

Ich wohn ja jetzt bei Ossi. Und wie ich heute früh in die Küche hinke, muss ich mich erst mal schützend über meine Filterkaffeemaschine werfen. Ossi beäugt sie nämlich gerade mit seinem Das-muss-weg-Blick. Ossi findet meine Kaffeemaschine plump und in seiner – jetzt unserer – Küche wenig dekorativ. Ossi äussert die Ansicht, ich solle auf Kaffee verzichten und wenn nicht, dann gefälligst auf Espresso umstellen, das sei günstiger für die Optik seiner – unserer! – Küche und ausserdem finde er Filterkaffee so deutsch, und er habe Deutschland schliesslich nicht verlassen, um dann jeden Tag in seiner – unserer, Ossi, unserer! – Küche von den Insignien deutscher Unkultur gepeinigt zu werden, sagt Ossi, und würdest du, bitte!, auch diese fiesen Ikea-Tischchen da wieder aus meinem – un!se!rem!!! – Wohnzimmer entfernen? Ich darf anmerken, dass mein Grossbildfernseher Ossis Sinn für Innenästhetik nicht störte. Wohl weil ein derartiges Gerät mit meinem Vormieter aus Ossis Leben verschwunden ist, weshalb Ossi bereits mehrere deutsche Viertliga-Spiele verpasst hat, was Ossi stark betrübt – wunderlicherweise harmoniert Ossis Leidenschaft für deutschen Fussball mit seiner ansonsten strikt contragermanischen Einstellung. Ich biete Ossi an, meine Kaffeemaschine hinter einem kleinen, von Helmut Lang gehäkelten Vorhang zu verbergen, was Ossi spitze findet. Das war ein Witz, Mann! Aber gut, Ossi, wenn ich dann eben mal aus Blumfelds «Anders als glücklich» zitieren darf: Jetzt heisst es tapfer sein. Die Kaffeemaschine bleibt, wo sie ist. Sonst lebt der Fernseher mit mir in meinem Zimmer.

Erschienen in einem «Magazin» des Septembers 2001

Stil vs. Stiletto

Mit einem Zwillingskinderwagen durch Wien zu gehen ist nämlich, als hätte man ein Schild mit den Worten «BITTE QUATSCHEN SIE MICH BLÖD AN!» um den Hals. Dabei sind die Mimis nur Zwillinge. Keine siamesischen Zwillinge. Ich machs jetzt immer wie ein beliebter österreichischer Nachrichtenmoderator, der einst in einem Interview gefragt wurde, warum er, wenn er auf der Strasse geht, immer vor sich hinpfeife. Er antwortete: Weil niemand einen pfeifenden Mann anquatscht. Das gilt, wie ich bestätigen kann, auch für eine pfeifende Frau, die einen Zwillingswagen schiebt; deshalb mach ich das neuerdings auch. Momentan pfeif ich am liebsten «My Back Pages», meinen akutellen Dylan-Lieblingssong; weil er so schön ist, und weil sein Refrain so schön zu meinem derzeitigen Leben passt. «Ah, but I was so much older then, I'm younger than that now...»
Das bezieht sich leider auch auf meinen Umgang mit Stöckelschuhen. Ich musste meine Stilettos entsorgen, alle acht Paar. Sie passen einfach nicht mehr zu meinem Leben als Mimimama. Ich muss hier etwas ausholen: Man kann Stilettos auf verschiedenen Arten tragen; wie ein 21-jähriges Model, das dem «Vogue»-Cover entgegenstöckelt, wie eine Nutte auf der Langstrasse oder wie erwachsene Frau in einem Kreativberuf mit einem Hang zum Fashionvictimismus, die es nicht nötig hat, längere Strecken per pedes zurückzulegen und grössere Teile ihres Einkommens in Taxitaxen anlegt.
Letzteres beschreibt in etwa mein prämimimaternales Ich, aber damals war ich, und hier streifen wir wieder Dylan, viel älter als jetzt. Tatsächlich hat mich Sedlacek kürzlich, während eines seiner seltenen Anrufe, gefragt, ob ich mich seit den Mimis jünger oder älter fühle, und ich dachte kurz nach und sagte, weder noch, aber hinterher wurde mir klar, dass das nicht stimmt. Ich fühle mich jung und immer jünger, und wenn ich auch leider nie mehr

ein 21-jähriges Model werde, komme ich doch allmählich in das Alter, das mich zum Tragen einer «Freitag»-Tasche prädestiniert. Während meiner ganzen Zeit in Zürich hab ich mich dem Erwerb einer «Freitag»-Tasche entschieden verweigert, aber ich glaube, jetzt bin ich so weit. Sie passt irgendwie zu den mexikanischen Cowboyboots und der militärgrünen Antiglobalisierungswollhaube, die ich trage, wenn ich die Mimis spazieren fahre.

Denn dass man Babies laut den einschlägigen Ratgebern alle Tage spazieren fahren muss, ist ebenfalls stark stilettoabträglich, denn erstens lassen sich Spaziergänge mit dem Taxi nur unzureichend simulieren und der Frischluft-Aspekt kommt dabei etwas zu kurz. Zweitens stehen Stilettos in keinem Verhältnis zur Monstrosität meines Zwillingswagens; es wirkt, sagen wir es geradeheraus, einfach lächerlich, wenn man ein derartiges Riesengefährt vor sich herschiebt, während man auf Zahnstochern balanciert.

Ich resümiere also: Es gibt Zeiten für Stilettos. Es gibt Zeiten für keine Stilettos. Es gibt Zeiten, da muss man auf der Strasse pfeifen. Es gibt Zeiten, da wird man unweigerlich jünger. Es gibt aber keine Zeiten, in denen man zu jung ist für den passenden Bob-Dylan-Song.

Erschienen im «Magazin» vom 12. Oktober 2002

Hauch der Freiheit

Kaum hatte ich die live in Zürich verfasste Kolumne mit der Kritik am miserablen Kronenhalle-Service in den Druckerei-Orkus geschickt, war der Service in der Kronenhalle auch schon tadellos. Als ich dort nämlich sozusagen heimlich und aus einer unüberwindlichen Sentimentalität heraus doch noch ein kleines Mittagessen aus Champagner und einer halben Portion Matjes-Hering einnahm und formvollendet und formidabel verhätschelt wurde. Was ich überaus schätze.
Was ich auch schätze, nämlich an Zürich: In Zürich bin ich sozusagen frei. Ich gehe durch Zürich wie keine Mutter. Ich wähle meine Zielorte nicht nach ihrer Errreichbarkeit mit einem Zwillingskinderwagen (der weder durch die Wiener noch durch die Zürcher Tramtüren passt), die Läden nicht nach dem Platz zwischen den Regalen, die Lokale nicht nach ihrer Kinderfreundlichkeit (sondern sozusagen im Gegenteil), und wenn ich mich tagsüber mit den Freunden treffe, schaue ich nicht gleichzeitig nach links und rechts, wo je eines der Mimis eine fremde Tasche ausräumt / bei unbekannten Erwachsenen um Asyl ansucht / sich was antut, sondern geradeaus in das jeweilige Freundesgesicht. Das ist hervorragend.
Deshalb entging mir nicht das Leuchten in Ossis Augen, als er mir erklärte, dass dieser Maserati ihm eigentlich nur passiert sei. Es hatten mir nämlich, kaum war ich in Zürich angekommen, schon drei Leute erzählte, dass Ossi, hast du es schon gehört, jetzt einen Maserati fahre.
Mit Ossi habe ich in Zürich, wer sich erinnert, eine Wohnung im Röntgen-Areal bewohnt, direkt an den Geleisen, herrliche Aussicht, besonders nachts, unfassbare Beschallung, besonders nachts. Ich wusste nicht mal, dass Ossi einen Führerschein hat, und sein Hang zu Statusobjekten hat sich damals auf exquisite Jogurts und die Ächtung von Filterkaffeemaschinen beschränkt.

Natürlich will ich, als ich mit Ossi im Plaza endlich mal wieder ein bisserl Alkohol teile, alles über diesen Maserati wissen. Dunkelblau, sagt Ossi, und das sei ja nun mal wieder eine typische Weiberfrage. Der Maserati sei auch keineswegs, wie jetzt alle täten, so was wie ein Ferrari, eher so was wie ein fetter BMW, und die Fortbewegung mit einem solchen sei in Zürich doch bitte so normal wie der sonntägliche Zopfverzehr, was ich insofern bestätigen kann, als ich in Zürich an jedem beliebigen Vormittag acht bis zehn Saab Cabrios passiere, was mir in Wien zirka einmal im Monat passiert. Aber leider straft dieses Leuchten in den Ossi-Augen Ossi Lügen. Ossis Augen sagen nämlich: Ich bin so frei, mir einen Maserati zuzulegen, wenn es mir passt.

Und schon fallen mir Blumfeld ein, und ihr neues, total überschätztes Album «Jenseits von jedem» und der Song «Ich bin frei», in dem Jochen Distelmeyer allen sagen will, wir seien frei, und in dem er behauptet, um ihn wehe «ein Hauch von Anarchie», was für jemanden, der im Sold von Warner, einem der grössten Unterhaltungskonzerne der Welt, steht, eine originelle Behauptung ist. Da ist mir der Hauch jener Freiheit, der Ossis Maserati bei Tempo 160 oder so umweht, ehrlich gesagt lieber.

Erschienen im «Magazin» vom 11. Oktober 2003

Max Küng Linus Reichlin -minu Gion Gawelty Thomas Widmer Christoph Schuler Katja Alves H.G. Hildebrandt Bänz Friedli Doris Knecht **Richard Reich** Constantin Seibt

Die Luftwaffe

Kürzlich fiel in unserer Strasse das erste Blatt vom Baum. Es war ein grosses, malerisch vergilbtes Ahornblatt; ein poetischer Bote des Herbstbeginns. Gemächlich schaukelte, schwankte, trudelte das Blättlein der Erde zu und wollte sich eben auf dem alten Kopfsteinpflaster zur wohlverdienten Ruhe betten – als ein Mordsradau ausbrach: Von allen Seiten gleichzeitig stürzten schwer bewaffnete Männer herbei. Jeder hielt einen brüllenden Windwerfer im Anschlag, der peitschende Sturmwinde über die Strasse schickte. Damit wurde das verzagte Ahornblatt nun unter furchtbarem Getöse durch die Gegend gewirbelt, vorwärts und rückwärts in die Luft katapultiert und schliesslich gnadenlos in die Gosse getrieben. Wo es, völlig am Boden zerstört, liegen blieb.

Jetzt war wieder Ruhe in unserer Strasse – bis sich ein paar Minuten später fatalerweise ein zweites Blatt vom Ahornbaum löste. Und der Strassenkampf in die nächste Runde ging.

So ist das immer im Herbst, mittlerweile schon seit einigen Jahren. Kaum sind die sommerlichen Rasenmäher verstummt, heulen wie Jagdhörner überall die Laubbläser auf und ziehen aus, um die sterbende Natur vollends ins Jenseits zu befördern. In unserem Quartier besteht die Anti-Laub-Kampftruppe aus: einem militanten Migros-Hauswart, einem gedungenen Gärtner und dem städtischen Strassenputzkommando. Diese Kriegsparteien kämpfen ab Mitte September gemeinsam und meistens auch gleichzeitig um beziehungsweise gegen jedes Blatt, das vom Himmel fällt.

Ordnung muss schliesslich sein. Wo kämen wir hin, wenn sich jedes dahergeflogene Ahornblatt einfach irgendwo hinlegen könnte? Zahllose Bürgerinnen und Bürger würden stürzen und sich die Oberschenkelhälse brechen! Kinder würden von den Skateboards fallen und noch üblere Kopfverletzungen davontragen als sonst schon! Motorräder würden ins Schleudern geraten und in Hausmauern fahren!

Wer, bitte, möchte das wollen? Sicher niemand. Trotzdem würde ich den Erfinder des Laubbläsers auf der Stelle erschiessen, wenn er mir vor mein Luftgewehr liefe. Als armer Erdensohn und Stadtmensch habe ich mich ja inzwischen an allerhand Höllenlärm gewöhnt. Doch mit diesen omnipräsenten Laubbläsern werde ich einfach nicht fertig, mental. Früher pflegte ich den holden Herbst bei offenem Fenster mit Rilke-Gedichten zu feiern. Heute verbarrikadiere ich mich von September bis April mit Ohropax im Schlafzimmer.

Der Laubbläser ist der Hannibal unter den Hof- und Haushaltgeräten. Er geht mit Elefantenkraft auf alles los, das ihm vor den Rüssel beziehungsweise das Blasrohr kommt: auf Flora und Fauna, auf Ahornblatt, Cola-Büchse und Hundedreck. Nehmen wir zum Beispiel den Zenoah Komatsu EB 6200. Dieses Gerät bringt 2,8 Kilowatt Leistung, hat 62 Kubikzentimeter Hubraum und bläst mit 99 Metern pro Sekunde. Macht 356,4 Stundenkilometer. Dagegen war der Lothar eine lyrische Abendbrise.

Dementsprechend hat der Laubbläser einen ohrenbetäubenden Siegeszug hinter sich, vor allem in den ordnungsliebenden Ländern deutscher Sprache. Die laubspezifische Luftwaffe der Bundesrepublik pustet inzwischen aus rund einer Million Rohren. Diese werden sowohl von staatlich besoldeten Ordnungskriegern (Strassenputzer, Schulabwarte) wie auch von privaten Partisanen (Garagisten, Hausmeister, Villenbesitzer) ins Manöver geführt. Wurden 1995 noch 10 000 tragbare Laubbläser abgesetzt, spricht das deutsche Umweltministerium heute von einem jährlichen Marktvolumen von 180 000 Stück. Dasselbe Bild in der Schweiz: Auch sie hat im letzten Jahrzehnt massiv mit Laubbläsern aufgerüstet; Tausende von Stadtverwaltungen und Gemeindekanzleien haben sich in Sachen Bevölkerungsschutz vom Zivil- und Luftschutz radikal auf den Laubschutz verlegt.

Kein Wunder, fühle ich mich auf Schritt und Tritt von diesen motorisierten Heulbojen verfolgt. Kürzlich ging ich, auf der Flucht vor den Stadtzürcher Laubbläsern, nach einer stillen Schifffahrt im schönen Dorf Wädenswil an Land – wo gerade ein orange gekleideter Herr damit beschäftigt war, unter Knattern und Getöse vier oder fünf gefallene Blätter über die Seepromenade zu treiben. Er bediente sich dazu eines Laubbläsermodells namens Echo PB 46LN oder so ähnlich. Dieses äusserst explosive Gerät hat der Wädenswiler Strassenmeister Werner Kunz am Anfang der nationalen Laubbläserbewegung, also vor zirka zehn Jahren, angeschafft: «Ja, wir haben seinerzeit gleich sechs Echo-Rückengebläse bei der Firma Obrist, Affoltern, bezogen. Allerdings setzen wir die Geräte vorwiegend auf Waldwegen ein. Im Dorf und am See mit Rücksich auf die Anwohner hingegen nur ganz selten. Und auch dann erst nach 9 Uhr. Ausser am Fasnachtsmontag.»

Daniel Obrist, Inhaber des genannten Motorgerätegeschäfts in Affoltern am Albis, erinnert sich mit grosser Begeisterung an den Beginn des Laubbläserbooms: «Damals wurden mir die Dinger direkt aus den Händen gerissen. Ich habe einfach jeden Morgen ein Dutzend Bläser in meinen Transporter geladen und bin damit von Gemeinde zu Gemeinde gefahren. Und am Abend war das Auto leer.» Weil nämlich jeder örtliche Strassenmeister auf der Stelle mindestens einen Laubbläser haben wollte. Eine simple Milchbüchleinrechnung hatte die Kundschaft überzeugt: Ein Laubbläser ersetzt drei Strassenwischer. Oder wie es der Stadtrat von Baden kürzlich formuliert hat: «Die Laubbläser erbringen in der verfügbaren Zeit eine wesentlich höhere Arbeitsleistung. Ein Verzicht darauf hätte massive personelle und finanzielle Konsequenzen.»

Unsere moderne Gesellschaft kann sich ein laubbläserloses Leben inzwischen also nicht mehr vorstellen und auch nicht mehr leisten. Es lebe das New-Public-Putz-Management! Dabei gäbe es doch das eine oder andere Argument gegen diese pneumatischen Foltergeräte. Zum Beispiel, dass ein «Blower» wie Billy Goat, der laut Prospekt «die Kraft orkanartiger Winde in Ihren Garten bringt», mir auf der Strasse neben dem Laub[100] nachweislich massenhaft Staub, Dreck, problematische Bakterien sowie wehrlose Kleinsttiere um die Ohren wirbelt. Oder dass mir so ein Laubbläser-2-Liter-Verbrennungsmotor neben der Luft auch unverbrannte Kohlenwasserstoffe ins Gesicht haucht; zweihundertmal mehr als jedes Auto. Oder dass mir diese Höllenmaschine mit bis zu 112 Dezibel gegen das Trommelfell hämmert; genau gleich laut wie ein guter alter Presslufthammer.

«Die Lärmeinwirkungen in Wohnquartieren durch Laubbläser halten sich im normalen Rahmen der Baubranche», beruhigte der Badener Stadtrat neulich die Bevölkerung und schickte damit ein Postulat der SP-Lokalpolitikerin Regula Dell'Anno-Doppler bachab; dieses sollte die Administration zu einem Laubbläser-Moratorium bringen. Ähnlich erging es dem deutschen Umweltminister Jürgen Trittin; er wollte den Laubbläser in Wohngegenden verbieten. Doch nach Interventionen der internationalen Laubbläserlobby war sein Wunsch bald vom Tisch. Stattdessen müssen die Hersteller nun den «Schall-Leistungspegel» des Laubbläsers offen legen und innert vier Jahren gewisse Geräuschgrenzwerte einhalten.

In der Schweiz verzichtet der Bund da lieber gleich auf Lärmrichtlinien für Laubbläser und ihre Seelenverwandten, die Rasenmäher und Motorräder. Der Kanton Zürich behandelt den Laubbläser rechtlich wie eine Baumaschine. Und in der Stadt Zürich ist es zwar gesetzlich verboten, «Lärm zu verursachen, der vermieden werden kann», doch in der Praxis sehen sich nicht einmal die zuständigen Tiefbaubeamten veranlasst, lärmreduzierte Laubbläser anzuschaffen. Das wäre nämlich teurer. Und dann reicht das Steuergeld nicht mehr für die dringend benötigten Lärmschutzstellen.

Ich, für meinen Teil, wäre ja schon überglücklich, wenn sich die Blasbrigaden an die Empfehlung von Laubbläserlieferant Obrist halten würden: «Statt immer mit Vollgas sollte man mit arretierter Drehzahl arbeiten. Das ist viel leiser und genauso effizient.» Allerdings macht sich Obrist über die Natur des genuinen Laubbläsers genauso wenig Illusionen wie ich: «Die brauchen scheinbar dieses Töfffahrer-Feeling. Das sind wohl die gleichen Typen, die stundenlang an einem Motor herumschräubeln, damit die Serviertochter aufschaut, wenn sie mit ihrer Maschine an der Gartenbeiz vorbeibrettern.»

Erschienen im «Magazin» vom 5. Oktober 2003

Max Küng Linus Reichlin -minu- Constantin Seibt Gion Caveity Thomas Widmer Christoph Schuler Katja Alves H. G. Hildebrandt Bänz Friedli Doris Knecht Richard Reich Constantin Seibt

Endstation: Publizist

Eine der Fragen, die man im Leben nie geklärt haben will, ist, wie sich der Beginn von Senilität anfühlt: Merkt man es, wenn sie anfängt? Und wenn: Merkt man es zuerst oder bemerken es die anderen vorher? Und woher weiss man, dass der Prozess nicht schon begonnen hat?

Niemand, der im Journalismus arbeitet, kann in dieser Frage ohne Furcht sein. Man kennt einfach zu viele Beispiele mit Namen und Gesicht. Journalisten sind gezwungen, bis zum Tod (zumindest bis zum beruflichen Tod) zu publizieren: Ihre Senilität wird so zu einem öffentlichen Schauspiel.

Meist beginnt es schleichend. Fast bis zum Schluss funktioniert das Handwerk. Noch immer rollen Sätze, Argumente, Pointen ab. Aber etwas fehlt. Es ist die alte Melodie – nur klingt sie wie aus einer Spieldose mit überdehnter Feder. Und eines Tags riecht alles nur noch nach Verwesung und Verfall.

Fast wie ein Fluch scheint vorzeitige Senilität gerade die Besten und die Mächtigsten der Branche zu treffen: amtierende und ehemalige Chefredakteure, gefragte Experten, Reporter, vor denen man einst Respekt hatte. Beispiele? Sie kennen selbst genügend. Der geistige Verfall gerade der Begabteren des Metiers ist statistisch viel zu häufig, als dass er mit einer Serie von Einzelfällen begründbar wäre. In der Tat steckt das Problem tiefer. Dafür ist es praktischerweise in einem Wort zusammenfassbar. Es heisst Meinung.

Das Gefährliche an der Meinung ist ihr überrissener Status. Absurderweise gilt die eigene Meinung als zentraler Bestandteil der Persönlichkeit. Dabei wachsen Meinungen automatisch wie Haare. Egal ob zu Amerika, zur Quantenmechanik, zu DJ Bobo oder zur Wirtschaftspolitik: Man braucht keine Ahnung, um eine Meinung zu haben.

Das ist auch okay. Rasche Urteile sind sinnvoll: Das Leben ist weder Philosophieseminar noch Quizshow. Nur ist es nicht okay, wenn der Unfug aufgeschrieben wird. Klar gibt es Meinungen, die interessant zu lesen sind: Solche, die durch Kenntnisse und Erfahrung gedeckt sind, am Herzen liegen und überdies noch etwas Verblüffendes haben. Aber wie viele sind das? Schätzungsweise ein Dutzend. Der Rest ist letzlich so persönlich.

Nicht umsonst gilt der Leserbrief als das niedrigste Genre des Journalismus: Meinung ist hier gratis und wird konsequenterweise auch nicht bezahlt. Unerfindlich dagegen ist, dass für dieselbe Ware in Form von Kolumne, Kommentar, Leitartikel das Gegenteil gilt. Der einzige Unterschied: Meistens schreibt hier ein Name.

Nur gibt man diesem Namen keine Chance. Es gibt massenweise Themen, bei denen man keine andere Chance hat, als Schwurbel zu schreiben: die nächsten Bundesratswahlen, Schweiz und Europa, Gewalt am TV oder Unfug über Medienethik. Das Resultat wird vielleicht provokativ, elegant, sogar intelligent klingen, aber doch immer nur das Wort zum Samstag sein: eine Predigt ohne Glauben. Das Gegengift gegen Meinungsschwurbel wäre einfach: Es nennt sich Recherche oder noch besser: Reportage. Ihr gemeinsames Merkmal ist: Dass sich sämtliche am Schreibtisch gemachten Mutmassungen draussen nicht bestätigen. Und dass sich das Resultat interessant liest: Journalismus ist das Erzählen einer Geschichte. (Wenig, wusste schon Kisch, ist verblüffender als die Wirklichkeit.) Sicher ist es so, dass man von Zeit zu Zeit Chefredaktoren feuern muss. Das Unangenehme dabei ist, dass es kein Resozialisierungsprogramm für sie gibt: Ihnen – sowie verdienten, etwas müde und prominent gewordenen Kollegen – den Status als Publizist zu geben, heisst, sie bei lebendigem Leib zu töten. Denn Kolumnen, Mbwana, sind Kerker.

Erschienen in der «WerbeWoche» vom 4. September 2003

Wie lang für einen «Moskito»?

Mittwoch, 11.28 Uhr. Zeit für die Kolumne. Lieber Linus Reichlin! Im Zeichen der neuen Freundschaft von «WoZ» und «Weltwoche» stelle ich mich der Herausforderung, eine Kolumne ganz im Stil deines letztwöchigen Meisterwerks zu schreiben:
War ich Kolumnist inne «Weltwoche». Kommt schönen Tags Mann aus Chefbüro, sagt: «Linus, schreibe lustige Turkewitzkolumne über Fahrer, wo inne Gotthard-Tunnel isse verbrannt! Wenn isse gut, Kolumne komme auf Titelseit vonne Weltwoch! Für Souffliere von intelligentes Tischgespräch!» Also ich sag zu Chef: «Alles Roger, Roger! Türk haben lustig Dialekt! Da schreibe Witz wie von selbst!»
Also, ich sitz und schreib Kolumne. Hirn. Hirn. Unne schon falle mir lustige Witz über türkisch Todesfahrer anne Gotthard ein! Nenne ihn Bülent, weil Bülent inne Ohren von «Weltwoch» lesende Trend-Intellelo sicher lustig klingen! Unne noche zweite Witz. Bülent sage: «Chef, was das hier? Reserverad?» Da Chef sage: «Nein! Steuerrad!» Wahaha!
11.39 Uhr. Hole einen Kaffee und rauche eine Zigarette.
Also, hier funktioniere eine volle krasse Reichlin. Noch viel lustiger, wenn Bülent komme aus Ümzümlü. Klinge lustig und isse typograffisch Witz! Für Ohre unne Augen! Voll krass, gut! Aber plötzlich höre Stimme. Komme aus Bauch oder Gehirn. Stimme sage: Linus, bisse vielleicht eine kleine Arschlock!
11.48 Uhr. Ooops, verzeih, Linus. Habe ein leichtes Hungergefühl, manchmal macht mich das etwas aggressiv. Aber weiter.
Mache weiter mit Türkwützkolumne. Bülent viel lustig, wanne fahren «eine Hand mit Sexheftli, andere Hand du wissen, lenken mit Kinn». Geile Humor. Krass richtik für Titelseit vonne «Weltwock»! Plötzlich Stimme wieder: He Linus, Arschlock! Du dencke anne richtige Türk, wo isse verbrannt vor einne Woch inne Gotthard? War eine illegal Schofför. Ware eine mausarme Mann. Hatte

gemacht, um Famil ernähren. Isse tot. Unne jetzt mache kleine dicke Reichlin blöde Witz über diese Mann. Vielleicht nidde gut.

12.03 Uhr. Ehrlich, Linus, ich kann mir diesen kleinen moralischen Anfall nicht anders als durch zunehmenden, bohrenden Hunger erklären. Tut mir Leid, Linus!

Stimme sagen: Linus, sein eine miese Sau. Wasse, iche eine miese Sau?? Mache Denk.Ware einnemal Schurnalist. Schreib aber seitte Jahre nidde mehr. Nix. Nür Kolümnen. Nix Recherchieren mehr. Das gehen in «Weltwoche» – also auch für mich viele güt. Binne zu faul. Binne zu klein. Körper klein, Herz klein, Hodde klein. (So sagen Türk, wenn sagen wollen, dass Mut klein. (Hümor!)) Schreibe nixxe alse Witzkolumnen über Hoddebader unne Albaner! Binne ey-boa-krass inkorrekt, ey-boa-krass lustig, voll krass eine dumme ausgebrannte Schafeseckel...

12.17 Uhr. Linus, das Lletzte wollte ich gar nicht über deine sicher sehr mutige Kolumne schreiben. Aber der Hunger...

Viele Journikolleg nennen miche Dumme Wixer, aber meine volle Nam Linüs Ärmlin sein.

12.22 Uhr. Das reicht jetzt! Dieser Kalauer ist ja völlig im Keller! Sei mir bitte nicht böse, Linus! Der Hunger, du weisst. Aber hast du gesehen, dass man eine vollwertige Linus-Reichlin-Kolumne in 54 Minuten schreiben kann? Wie viel kriegst du eigentlich dafür bezahlt?

Erschienen in der «WochenZeitung» vom 8. November 2001

Prognose zur Bundesratswahl

Prophet Ramses Monster über die These von Dr. Blocher, die Boykottdrohungen jüdischer Organisationen 1997 und 1998 gegen die Schweizer Banken entsprächen exakt der Kampagne der Nationalsozialisten 1933.

... aber diese Parallelen waren nur der Anfang gewesen.
Später musste sich Dr. Blocher eingestehen, dass er noch mehr Recht gehabt hatte als angenommen. Kurz nach der Bundesrats-Erneuerung 2003 hatten fanatisch brüsseltreue Juden den Vollbrand des Bundeshauses zum Vorwand genommen und waren einmarschiert.
Chaos folgte... Bundesrat Ulrich Schlüer war von israelischen Fallschirmspringern bei seinem Urologen verhaftet worden, Korpskommandant Abts' Panzerdivision war von einer schwer bewaffneten Gruppe von Klezmer-Singern aufgerieben worden, etc.
Aber das war längst Geschichte... Man schrieb das Jahr 2009...
Fünf Jahre jüdischer Terror... Schweizerdeutsche Schreie drangen aus der Ehud Barak getauften Baracke... Blocher musste sich eingestehen, dass die Auns das zwangsweise Tragen eines eisernen Schweizer Kreuzes besser nicht unterstützt hatte...
Auch die Lager-Disziplin war ihm persönlich anfangs noch begrüssenswert vorgekommen...
Aber nun... Seine Sennenkutte, die alle Schweizer im von schwer bewaffneten Kibbuzniks kontollierten Lager tragen mussten, kratzte... Hunger! Sein Magen knurrte... «Ueli work! Schneller macken!», rief die sadistische Lagerwache Nathan und schwenkte seine Uzi. Blocher und sein Leidensgenosse Maurer sahen sich an... Welcher Ueli? Nach dem Passgesetz 2007 hatte jeder Schweizer den zweiten Vornahmen «Ueli» annehmen müssen... Er hiess jetzt Christoph Ueli Blocher, Maurer hiess nun idiotischerweise Ueli Ueli Maurer... Beide schufteten in der Giesserei für die pluto-

kratisch-jüdisch-imperialistisch-vögtische-kulturschaffende Produktion von siebenarmigen Leuchtern...

Schweizer Schwerstarbeit für nichts als Hohn, Spott und 30 Quadratzentimeter Matze am Tag... Nur noch einmal Schweinefleisch essen... Und dann dieser entsetzliche jüdische Humor... Wie fern waren doch die Tage, als es noch scherzhaft hiess «Unser Adolf heisst nicht mehr Ogi.» Blocher wurde aus seinen Träumen gerissen...

Schreie! Hier, gerade wurden Schweizer Prominente zwangsbeschnitten – mit rostigen Apfelentkernern! Der Einzige, der es schadlos überstanden hatte, war Sigmund Ueli Widmer gewesen. Man hatte nichts mehr zum Beschneiden gefunden... Um so schrecklicher hatte es Ueli Ueli Maurer erwischt. Er war vom betrunkenen Lagerarzt glattweg skalpiert worden ... mit der zynischen Begründung, sein Kopf sehe aus wie eine Schwanzspitze...

Endlich Arbeitsschluss! Beim Appell drängte sich Blocher neben seinen Freund, den Holocaustleugner Jürgen Ueli Graf, der ihm einen Brocken Matze zusteckte. Als Buchautor wurde Graf von den notorisch kulturschaffenden Lagerwachen natürlich besser behandelt...

Nathan, die sadistische Lagerwache, sagte: «Ick habe gut News für euch, Uelis, ihr könnt jetzt duschen gehen! Outziehen!»

«Duschen? Toll!» Neben ihm legte Graf fröhlich pfeifend die Kleider ab. Blocher starrte ihn an. Sein Magen rebellierte.

Aber da zischte ihm Graf zu: «Keine Sorge, Christoph. Es hat niemals Gaskammern gegeben!»

Hobbyhistoriker Dr. Christoph Ueli Blocher musste sich erstaunlicherweise immer noch nicht übergeben.

Erschienen in der «WochenZeitung» vom 21. Oktober 1999

Das 2. Buch der Kolumnisten
1. Auflage 800 Exemplare
© für die einzelnen Texte bei den Autorinnen und Autoren bzw. ihren jeweiligen Verlagen
Gestaltung: matadordesign.ch, Nina Thoenen, Zürich
Fotos: Stefan Jäggi (Cover), Willy Spiller, Monica Foresti
Projektleitung und Produktion: Hildebrandt.ch Firmenpublizistik & Text, Zollikon
Korrektorat: Dela Hüttner
Herstellung und Verlag: Books on Demand GmbH, Norderstedt, www.bod.de
2003, Hans Georg Hildebrandt, Zürich
ISBN 3-0344-0240-6

Besten Dank für die unverzichtbare Mithilfe: Peter Schmid und Tamara Guldin von Campari Schweiz, Claudia Gillardon von FACTS, Britta Heer bei Books on Demand, Adrian Erni Communications, Zürich, www.adrianerni.ch, André Millischer, Claudio Zuccolini, Markus Arm von McCann Erickson Genf, Opel (Schweiz) AG für den Band-Bus, hostpoint.ch fürs gesponserte Hosting, die Malstube für die zackige Umsetzung von www.nachtderkolumnisten.ch und natürlich die vielen engagierten Leute in den Theatern von Baden bis Schaffhausen.